12,95

D1433918

Als ik niet toevallig,
de waarheid gezegd had

Ingelin Angerborn

Als ik niet toevallig,
de waarheid gezegd had

lannoo

1. Dubbele promise!

Als ik niet toevallig de waarheid gezegd had, zou dit nooit gebeurd zijn. Ik zou niet op het balkon van Axel vastgezeten hebben, ik zou de Kilimanjaro niet kwijtgeraakt zijn, ik zou niet op de verkeerde wc gegaan zijn en ik zou niet met mijn armen in de olifantenpoep gelegen hebben... en ik zou zeker nooit de hoofdprijs gewonnen hebben!

Ik weet dat het een beetje vreemd klinkt, maar zo gaat het bij mij altijd. Het is gewoon niet normaal. Wat ik ook doe, elke keer loopt het fout.

Vroeger dacht ik dat alles verkeerd ging omdat ik niet altijd de dingen vertelde zoals ze waren. Ik dacht dat elke leugen voor een nieuwe leugen zorgde en dat het daardoor een grote warboel werd. Zoals toen ik toevallig de hond van tante Doris verwisselde of toen ik zei dat mijn papa een astronaut was. Daarom besloot ik dat ik nooit meer zou liegen. Ik beloofde het één keer. Promise! Maar het lukte niet. Toen beloofde ik het nog een keer. Dubbele promise! En toen lukte het wel.

Daarom zeg ik vanaf nu de waarheid, alleen de waarheid en niets dan de waarheid. Ook al helpt het voor geen meter. Het wordt in elk geval minder ingewikkeld.

Onlangs zijn we naar een nieuwe flat verhuisd: mama, Tomas en ik. (Tomas is mama's nieuwe vriend. Mijn extra papa. En mijn gymleraar! Aan wie ik op een verward moment

heb beloofd om tien opdrukoefeningen per dag te doen...
voor de rest van mijn leven. Zucht!) Onze flat is niet zo ver
van waar mama en ik vroeger woonden, maar wel aan de
andere kant van de winkel. Mijn trapeze hangt en mijn honderdtwintig pluchen honden zitten op hun plaats. (Hoewel
ik er niet zo lang geleden weer maar honderdnegentien had.
Ik zal je straks vertellen waarom. Honderdnegentien is ook
niet weinig, maar toch...)

Ergens is het wel goed dat Tomas bij ons kwam wonen.
Anders was het hier verschrikkelijk leeg geweest. Mama
werd namelijk weer overvallen door een enorme hekel aan
'overbodige luxeartikelen' en deze keer heviger dan gewoonlijk. 'We beginnen een nieuw leven,' zei ze, 'dus nemen we
geen oude rommel mee.' Toen gooide ze de weegschaal uit
de badkamer weg, de elektrische blikopener (die ze ooit als
kerstcadeau van papa had gekregen), een gewone blikopener (omdat we er toevallig twee hadden), de mattenklopper
(omdat niemand tegenwoordig nog matten uitklopt), de
koptelefoon van de stereo (die ze bij een vorige verhuizing
al had weggegooid), een koffer, twee rugzakken, kleren en
schoenen en ook het bankje in de hal... Maar toen ze beden-
kelijke blikken op de sofa in de woonkamer wierp en mompelde dat die eigenlijk wel erg lomp en nutteloos was, kon ik
me niet meer inhouden.

'Hij is niet nutteloos,' zei ik terwijl ik me aan de sofa vastklampte.

'Hij is wel nutteloos,' zei mama. 'Hij staat daar maar te staan. Hij is groot en onhandig en...'

'Wat had je dan gedacht?' vroeg ik. 'Dat hij zou afwassen en de planten water zou geven?'

'Nee,' zei mama, 'ik vind gewoon dat...'

'Als je de sofa weggooit, dan gooi je mij ook maar weg,' zei ik. 'Ik ben toch ook nergens goed voor? Dat heb je me al honderd keer gezegd.'

En zo is de sofa gebleven.

Ik mis onze vorige buren, Gösta en tante Doris. Maar het meest mis ik Loppan, de kleine chihuahua van tante Doris. Onze nieuwe buren ken ik nog niet. Alleen de mensen die onder ons wonen. En dat was niet meteen de bedoeling. Dat zal ik je ook vertellen. Hier zijn in elk geval onvoorstelbaar veel buren, want het is een groot flatgebouw. Het heeft zes verdiepingen en een lift. Wij wonen op de vierde, het verst weg van de lift. Ik heb een superleuk uitzicht vanuit mijn kamer. Door mijn raam kan ik de hele stad zien. Of zeker de halve. Of in elk geval een deel ervan. Tot aan mijn beste vriendin Julia... als ik eerlijk ben. En dat wil ik echt zijn!

Eerlijk duurt het langst, zegt mijn oma. En dat klopt. Meestal. Maar niet altijd. En het is niet altijd makkelijk om te weten wanneer mensen de waarheid willen en wanneer ze liever willen dat je een beetje liegt. Een paar dagen geleden bijvoorbeeld, toen mama vroeg of ik haar nieuwe kapsel mooi vond.

'Niet zo erg,' zei ik.

'Waarom zeg je dat?' vroeg mama gekwetst.

'Omdat het de waarheid is,' zei ik.

Mama wierp een blik in de spiegel. Toen riep ze naar Tomas: 'Tomas, mijn haar zit toch leuk?'

'Heel leuk!' riep Tomas vanuit de woonkamer.

Mama trok een wenkbrauw op en keek me voldaan aan.

'Zie je wel!' zei ze.

'Hij zegt dat zomaar,' zei ik.

Mama staarde me boos aan. Toen keek ze nog eens in de spiegel, duwde haar pony een beetje omhoog en tuitte haar lippen. Dat doet ze altijd als ze er mooi uit wil zien.

'Weet je, Tilda,' zei ze, 'soms is het beter om niet de waarheid te zeggen.'

2. De waarheid, alleen de waarheid en niets dan de waarheid

Eigenlijk was het misschien beter geweest om ook Axel de waarheid niet te zeggen. Dat zou het zeker een stuk eenvoudiger hebben gemaakt. Maar ik kon niet anders. Ik had mezelf beloofd – dubbele promise! – dat ik alleen nog de waarheid zou zeggen. De waarheid, alleen de waarheid en niets dan de waarheid!

Hoe dan ook, deze warboel begon vorige zaterdag. Het was een zonnige, maar koude aprildag. Mama en Tomas waren naar IKEA om een bankje voor de hal uit te zoeken. (Het onze had perfect gepast! Maar dat had mama bij de verhuizing weggegooid.)

Ik was mijn kamer aan het opruimen, want over een week zou ik mijn verjaardagsfeestje geven. Een pyjamaparty! Op zondag, hoewel ik eigenlijk zaterdag jarig was, maar anders kon Julia er niet bij zijn. Haar oma werd namelijk zestig en trakteerde de familie op een weekje vakantie op de Canarische Eilanden.

Julia was vanochtend vroeg vertrokken en ik miste haar nu al. Maar gelukkig had ik Axel, de liefste jongen van de hele wereld!

Axel zat hoog op mijn trapeze en keek hoe ik de honderdtwintig pluchen honden uitpakte. De echt grote, zoals de sintbernardshond Bootsman en de reuzenpoedel Gunnel, zette ik op de grond. (Gunnel heb ik naar mijn vorige juf genoemd, want die heeft hetzelfde kapsel!) De meeste andere kregen een plekje op de plank. En de honden waar ik het meest van hield, zette ik op mijn bed. De poedel-teckel Potter, die ik van Axel heb gekregen, mocht op mijn hoofdkussen liggen. (Axel heeft hem trouwens zo genoemd. Raad eens naar wie?)

Toen ik klaar was met de honden, begon ik de spullen voor op mijn bureau uit te pakken. Pennen, gommen, een bureaublad (met de 101 dalmatiërs erop), een Chinees koffertje van fluweel met een slot erop voor al mijn geheimen, een lamp, een telefoon, een kalender met... ja, raad maar... en een paar foto's. Een van mij, een van Axel natuurlijk en een van papa en mama waarop ze er verliefd uitzien.

'Waar is je papa nu?' vroeg Axel opeens.

'Eh...' zei ik omdat ik niet echt wist wat ik moest zeggen. Het was namelijk nogal ingewikkeld. Allereerst omdat Axel dacht dat mijn papa astronaut was, wat ik toevallig ooit had gezegd. Ten tweede omdat mijn papa helemaal geen astronaut was, maar een nietsnut (zoals mama zegt) die een beetje van alles doet zoals het hem uitkomt. En nu kwam het hem uit om naar Afrika te reizen en de Kilimanjaro te beklimmen. Een paar dagen geleden kreeg ik een kaart. Toen had ik me eigenlijk voorgenomen om het aan niemand te vertellen, omdat ik vermoedde dat niemand me zou geloven. Ik bedoel, wie gelooft er nu iemand die eerst zegt dat haar papa circusartiest is, dan astronaut en dan bergbeklimmer in Afrika? Juist, niemand! Hoe echt en hoe waar het ook is van dat bergbeklimmen. Want de eerste keer dat ik Axel zag, had ik ook al tegen hem gelogen. Toen deed ik net alsof Lina, de labrador van zijn nicht Sara, mijn hond Buster was. Zucht! Maar nu zou ik dus de waarheid zeggen. De waarheid, alleen de waarheid en niets dan de waarheid. Eerlijk duurt het langst!

'Het lijkt me supercool om astronaut te zijn,' zei Axel en hij schommelde zo hard in de trapeze, dat hij bijna met zijn hoofd tegen het plafond botste. 'Stel je voor, gewoon ooooi-iiiing en de ruimte in!'

'Ja, stel je voor...' zei ik en ik slikte.

Axel sloot zijn ogen en zwaaide heen en weer. Als hij nu toch over iets anders wilde praten... Maar dat deed hij natuurlijk niet.

'Waar is hij op dit moment? Op de maan? Nee, ik weet het... op Mars?'

Ik slikte nog een keer. Hard.

'Op de Kilimanjaro,' zei ik.

Axel deed zijn ogen open en minderde vaart.

'De Kilimanjaro? Daar kom je toch niet met een raket?'
Ik schudde mijn hoofd.
Nu hing de trapeze stil en Axel keek me vragend aan. Het zou veel gemakkelijker zijn om te zeggen dat papa even met vakantie was op de Kilimanjaro, of dat hij er een soort training voor astronauten volgde. Een astronaut moet immers ongelooflijk veel trainen en wat is een betere training dan een bergbeklimming? Ik bedoel, dat is toch erg hoog en... Maar vanaf nu zou ik de waarheid vertellen. De waarheid, alleen de waarheid en niets dan de waarheid. Eerlijk duurt het langst!

'Hij is niet met een raket naar de Kilimanjaro,' zei ik. 'En ook nergens anders naartoe. Hij zal nooit met een raket reizen.'

Axel liet zijn voeten bungelen en krabde verwonderd in zijn haar.

'Maar hoe kan hij dan astronaut zijn?' vroeg hij.

Ik boorde mijn gezicht in Bodil, mijn pluchen afghaan, zodat Axel niet zou zien hoe rood ik werd. Snapte hij dan helemaal niks? Moest ik het dan echt tot in detail uitleggen?

'Snap je dan niks?' siste ik in de buik van Bodil. 'Hij zal nooit met een raket reizen omdat hij geen astronaut is!'

Het werd doodstil in de kamer. Een paar minuten lang hoorde ik alleen maar het geknars van de scharnieren waarmee de trapeze aan het plafond hing.

Ik verborg me nog steeds in Bodil, hoewel haar lange afghaanharen elke keer in mijn neus kropen als ik ademde en vreselijk kriebelden. Nooit eerder had ik echt goed beseft hoeveel Axel voor me betekende en hoe bang ik was dat hij boos op me zou zijn. Ineens hoorde ik een bons op de vloer. Ik begreep dat Axel van de trapeze was gesprongen. Vanonder Bodils oor keek ik stiekem naar hem. Een tijdlang stond hij midden in de kamer, met zijn handen in zijn zakken. Toen haalde hij een papier uit zijn achterzak en gooide dat op het bureau.

'Je bent niet goed wijs,' zei hij.

Dat had hij al een paar keer eerder gezegd. Maar deze keer meende hij het echt. Dat was duidelijk.

Ik zei niets. Want het klopte. Ik was niet goed wijs. Ik ademde diep in Bodils vacht, die er warm en vochtig van werd.

'Ik wil niks meer met jou,' zei Axel. 'Jij liegt over alles.'

'Niet waar,' zei ik zacht.

Axel haalde zijn schouders op en liep naar de deur.

'Hoe weet ik dat zeker?' zei hij.

Toen ging hij weg.

Ik gooide Bodil op bed en liep Axel achterna, de hal in.

'Maar hij ís op de Kilimanjaro!' schreeuwde ik bijna. 'Dat is echt waar!'

'Natuurlijk,' zei Axel en hij pakte zijn jas.

Hij deed de deur open en liep naar de lift.

'Ik kreeg een kaart! Ik kan hem halen,' riep ik.

Axel zei geen woord. Toen de lift kwam, stapte hij erin en opeens draaide hij zich om.

'Trouwens,' zei hij, 'ik kom niet op je feestje.'

Het leek alsof ik daar bij de deur versteende. De tranen sprongen in mijn ogen en ik voelde me tegelijk boos en verdrietig. Toen kreeg de woede de overhand. Ik rende naar mijn kamer, griste Potter van het kussen, trok het raam wagenwijd open en keek naar beneden.

Op hetzelfde moment dat Axel de deur uit kwam, gooide ik Potter door het raam. Hij belandde precies op Axels hoofd.

'Neem je lelijke poedel-teckel maar mee en je hoeft nooit meer terug te komen!' gilde ik. 'Ik wil trouwens ook niks meer met jou!'

3. Sorry! Dat was de bedoeling

Als ik niet toevallig de waarheid gezegd had, dan zou ik geen liefdesbrief naar Axel geschreven hebben. Maar nu deed ik dat wel.

Zodra ik het raam dicht had gedaan, liet ik me op bed vallen, drukte Bodil tegen mijn gezicht en begon te huilen. De tranen bleven maar komen. Ik wist niet dat er zo veel water in een lichaam kon zitten.

Zelfs toen mama en Tomas thuiskwamen, kon ik niet ophouden met huilen. Voorzichtig pakten ze Bodil weg en ze keken geschrokken naar mijn roodbehuilde gezicht.

'Maar lieverd, wat is er?' vroeg mama.

'Niks,' zei ik.

'Is dat wel de waarheid?'

Ik hapte midden in een snik naar adem. Ach, ja, de waarheid...

'Niet helemaal,' snotterde ik. 'Axel heeft het uitgemaakt.'

Mama en Tomas keken elkaar verbaasd aan.

'Heeft Axel het uitgemaakt?' zei mama.

Ik knikte en voelde dat er een nieuwe tranenvloed aankwam.

'Hij komt niet naar mijn feestje,' snikte ik.

'Komt hij niet naar je feestje?' zei mama, die blijkbaar geen eigen woorden meer kon bedenken.

Ik schudde mijn hoofd.

'Hij is misschien gewoon eventjes boos,' zei Tomas. 'Hij geeft toch heel veel om je. Natuurlijk komt hij!'

'Nee, dat doet hij niet,' snikte ik. 'Want ik gooide Potter op zijn hoofd en...'

'Gooide jij Potter op zijn hoofd?' zei mama.

'Wil je niet steeds alles herhalen?' vroeg ik.

'Sorry,' zei ze.

Ik snoot mijn neus in een servet dat Tomas uit zijn zak viste.

'Ja,' ging ik verder. 'Ik gooide Potter op zijn hoofd... door het raam... en toen zei ik dat ik ook niks meer met hem wilde.'

'Zei je dat je niet meer...' begon mama. Maar ze zweeg zodra Tomas zijn keel schraapte.

Toen boog ze zich naar me toe en gaf ze me een knuffel. Heel lang.

'Als we je ergens mee kunnen helpen, dan doen we dat. Dat weet je,' zei ze na een poosje. Opeens bleek ze verlost te zijn van haar papegaaienziekte.

Ik schudde langzaam mijn hoofd. Hierbij konden ze me niet helpen. Ik bedoel, wat zouden ze kunnen doen? Axel dwingen terwijl hij niet wil? Nee, zulke dingen moet je zelf oplossen.

Mama aaide me over mijn wang.

'Ach, ik weet precies hoe het voelt,' zei ze. 'Mijn arme, lieve schat!'

'En arme Bodil!' zei Tomas en hij hield Bodil voor mijn gezicht.

Ondanks mijn verdriet moest ik toch lachen. Bodils lange haren hingen in vochtige, warrige klitten bij elkaar. Ze leek meer op een zwabber dan op een afghaan.

Terwijl mama en Tomas het nieuwe bankje voor de hal in elkaar schroefden (dat trouwens heel erg op ons vroegere bankje leek), borstelde ik Bodils vacht. Ik probeerde mijn tranen in te houden en na te denken.

Punt één, dacht ik: Axel wilde niks meer met me omdat ik tegen hem had gelogen. Dus moest ik hem op de een of andere manier bewijzen dat ik gestopt was met liegen. Punt twee: ik had Potter op zijn hoofd gegooid. Dat gaf me niet meteen betere kansen. Ik moest me echt verontschuldigen! En punt drie: ik had gezegd (gegild!) dat ik ook niks meer met hem wilde. Dat was alweer niet zo best. Bovendien was het helemaal niet waar. Ik zou immers niets liever willen.

Als ik nu maar met Julia kon praten... Waarom werd haar oma juist deze week zestig?

Ik ging aan mijn bureau zitten en toetste het nummer van Jozefien in, mijn beste vriendin van waar we vroeger woonden (nog voor tante Doris en zo). Maar er was niemand thuis.

Gelukkig eigenlijk! Wat zou ik gezegd hebben? We hadden al eeuwen niet meer met elkaar gepraat. Ze wist niet eens wie Axel was.

Toen toetste ik langzaam het nummer van Axel in. 1... Ik kon in elk geval proberen... 7... te zeggen dat ik geen leugens meer vertelde... 0... en dat papa echt op de Kilimanjaro zit... 8... en dat het niet de bedoeling was om hem op zijn hoofd te raken... 7... en dat... nee, het laatste nummer lukte niet. Mijn vinger weigerde gewoon om de toets in te drukken. Ik hing op en haalde diep adem. Misschien kon ik mijn vinger te vlug af zijn door supersnel het nummer in te toetsen? 1... 7... 0... 8... 7... 2... Gelukt!

Mijn hart bonsde zo hard dat ik nauwelijks de beltoon kon horen. Na drie keer bellen, denk ik, hoorde ik iets klikken en klonk zijn stem.

'Ja, met Axel.'

En opeens kon ik niet meer praten. Er kwam geen woord over mijn lippen, alleen maar een vreemd gehijg. Wanhopig probeerde ik me te herinneren wat ik had willen zeggen.

'Hallo?' zei Axel. 'Hallo?'

Toen hoorde ik opnieuw geklik en hing hij op.

Ik gooide de telefoon neer. Dat was weer goed gedaan, hoor! Net wat ik nodig had! Misschien dacht hij wel dat ik zo'n hijgkerel was en ging hij naar de politie om het telefoon-

gesprek na te trekken... en dan kwamen ze bij mij terecht!
Nu kon ik zeker niet meer bellen.
Ik steunde met mijn hoofd in mijn handen en staarde naar
mijn bureau. Mijn ogen gleden van mijn foto naar de foto
van Axel. Poeh, wat zag hij er knap uit!
Mijn neus deed al pijn van het vele snuiten toen ik iets onder
de voet van mijn lamp zag. Ik trok het eruit en begon weer
hard te huilen. Het was een foto van mij verkleed als astronaut. Ik had hem aan Axel gegeven in plaats van de school-
foto die er nooit was gekomen. AXEL + TILDA stond er in
een groot, rood hart op de achterkant.
Snikkend deed ik het slot van mijn Chinese koffertje open.
In het koffertje bewaar ik geheime en erg dierbare spullen.
Een roze schelp, een grijze steen die op een zeehond lijkt,
een ring die ik van papa heb gekregen, mijn medaille van
200 meter zwemmen, een spierwit vogelveertje, een foto
van Jozefien, drie foto's van Julia en een liefdesbrief van
Axel. (En nog een paar spullen die zo geheim zijn dat ik ze
niet wil vertellen!)
Ik legde de foto neer en pakte de brief van Alex. Met bran-
dende ogen las ik hem. Steeds weer.
En opeens wist ik wat ik kon doen. Ik moest natuurlijk een
liefdesbrief naar Axel schrijven!
Ik schreef en schreef en gomde en gomde, schreef opnieuw

en gomde een gat in het papier, pakte een nieuw vel en schreef en gomde...

Een liefdesbrief naar Axel schrijven was niet zo makkelijk als ik had gedacht. Maar na veel gezwoeg was ik toch blij met het resultaat. Tenminste, zo blij als je in deze situatie kunt zijn.

Hallo Axel!

Sorry dat ik tegen je heb gelogen. En dat ik Potter op je hoofd heb gegooid. Dat was toen de bedoeling. Maar nu heb ik er spijt van. Sorry, lieve Axel!

En sorry dat ik heb gezegd dat ik niks meer met je wil. Dat was een grote leugen. Maar nu hou ik op met liegen. Echt waar!

Papa is geen astronaut. Hij is een nietsnut. Maar hij zit wel op de Kilimanjaro. Kom morgen om elf uur naar mij. Dan kun je zelf zien dat het waar is dat ik niet meer lieg.

Jij bent de liefste van de wereld!

Een dikke kus en een knuffel en nog eens sorry.

Tilda

4. Naar beneden kun je altijd...

Als ik geen liefdesbrief naar Axel geschreven had, dan zou ik niet op zijn balkon hebben vastgezeten. Maar nu gebeurde dat wel.

'Mijn lieve schat, hoe gaat het met je?' vroeg mama 's middags.

'Pis en kak en scheet!' zei ik. Want dat klopte. En eerlijk duurt het langst, zegt oma.

'Foei, Tilda,' zei mama. 'Gebruik toch niet zulke woorden als we aan tafel zitten.'

'Wanneer mag ik ze dan wel gebruiken?' vroeg ik.

'Liever nooit,' zei mama.

Na het eten vertrok ik met mijn brief. Ik wilde hem met plakband aan het raam van Axel hangen. Want morgen was het zondag en misschien zou niemand in de brievenbus kijken. En ik wilde niet dat iemand anders dan Axel de brief zou vinden. Maar er waren twee problemen. 1: ik wilde niet dat iemand mij zag, 2: het raam van Axel is op de tweede verdieping.

Toen ik in de Tortelduivendreef kwam, verborg ik me achter een schutting en gluurde ik om me heen. Vanuit mijn schuilplaats kon ik het huis van Axel goed zien. Er stond geen auto op de oprit en Axels fiets was ook weg. Yes! Dan was er waarschijnlijk niemand thuis.

Ik liep zo gewoon mogelijk naar het hek en de oprit van Axel. Toen dook ik bliksemsnel, en dus heel ongewoon, achter een struik. Je weet immers maar nooit. Met kloppend hart kroop ik langs het hek van de buren tot aan de achterkant van het huis, waar het raam van Axel is. Ik deed mijn ogen dicht, zodat ik het gevoel had dat niemand me kon zien.

Maar ze konden me wel zien. Ongeveer halverwege hoorde ik iemand kuchen, vlakbij. Ik verstijfde midden in een kruipbeweging en hoopte dat die persoon mij niet had gezien en gewoon buiten in de tuin was en toevallig kuchte. Maar toen ik voorzichtig mijn ogen opendeed, zag ik een paar grote, groene laarzen aan de andere kant van het hek. Mijn blik gleed langs de laarzen omhoog naar Axels buurman en dus probleem nummer één. Tja, problemen zijn er om opgelost te worden, zegt oma altijd. Ik glimlachte schuldbewust.

'Hallo,' zei ik.

'Hallo Tilda,' zei de buurman.

Wanhopig probeerde ik een goede reden te vinden waarom ik in Axels tuin rondsloop terwijl er niemand thuis was.

'Ik sluip hier...' begon ik.

Toen zweeg ik, want ik kon niets bedenken.

'Ja, dat zie ik,' zei de buurman.

En toen dacht ik weer aan mijn belofte over de waarheid, weet je...

'... omdat ik niet wil dat iemand mij ziet...' zei ik.

'Dat begrijp ik,' zei de buurman en hij hield zijn grote, modderige hand voor zijn ogen. 'Ik heb helemaal niets gezien.'

'Dank je,' zei ik en ik sloop verder.

Aan de achterkant van het huis wachtte probleem nummer twee. Ik keek omhoog naar Axels raam. God, wat zat dat hoog! Ik kreeg al hoogtevrees bij het idee dat ik daarnaartoe moest klimmen. Maar... problemen zijn er om opgelost te worden en ik keek om me heen op zoek naar een ladder of iets anders om op te klimmen. Het enige dat ik zag, waren een tuintafel en een paar stoelen.

Ik sleepte de tuintafel tot onder het raam en tilde een stoel op de tafel. Zonder veel moeite klom ik op de tafel en zette ik een voet op de stoel. Tot hiertoe was er geen probleem. Maar toen voet nummer twee op de stoel wilde, gedroeg been nummer één zich als een sliert spaghetti. Gekookte spaghetti, snap je! Slap en kronkelig en niet in staat om rechtop te blijven. De muur gaf me niet genoeg steun.

Toen bedacht ik dat ik misschien op het balkon kon klimmen. Vanaf daar kon ik makkelijk bij het raam van Axel. Ik verschoof de tafel tot aan het appelboompje, net onder het balkon. Het boompje was te dun om in te klimmen, maar ideaal om me aan vast te houden terwijl ik me voorzichtig op de stoel hees. Nu stond ik op de stoel op de tafel. Ik hield me met één hand vast aan de top van het appelboompje en met de andere hand aan de leuning van het balkon. Verstijfd van angst staarde ik recht voor me uit. Niet naar beneden kijken, niet naar beneden kijken... Bij de minste beweging wiebelde de stoel onder me en leek het alsof hij elektrische schokken door mijn lichaam joeg. Niet naar beneden kijken, niet naar beneden kijken... Voorzichtig, heel voorzichtig liet ik het appelboompje los en bewoog ik mijn hand naar de reling van het balkon. Niet naar beneden kijken, niet naar beneden kijken... Als ik nu doodging, dacht ik, zou Axel in elk geval begrijpen hoeveel ik van hem hield. Met mijn twee handen op de reling voelde ik me een heel stuk beter.

Ik sprong en hees me met mijn heup tegen de reling, zoals op mijn trapeze. Toen boog ik voorover, zwaaide één been over de leuning en liet me op het balkon vallen. Daar bleef ik een poosje liggen. Ik voelde dat ik trilde. Nooit van mijn leven zou ik circusartiest worden!

De brief op Axels raam plakken was nu een fluitje van een cent. Ik moest gewoon een beetje naar voren leunen. Wat zou Axel verbaasd zijn als hij die brief zag! Hij zou zich vast afvragen hoe ik hem daar had gekregen! Ik lachte hardop bij de gedachte. Nu moest ik gewoon naar beneden klimmen, naar huis sluipen en wachten tot Axel morgen kwam. Naar

beneden kun je altijd, zegt oma.
De vraag is alleen: hoe?

5. Naar beneden kun je nooit...

Als ik niet op Axels balkon vast had gezeten, dan zou Axel geen emmer water naar me gegooid hebben. Maar nu deed hij dat wel.

Geschrokken keek ik naar de omgekeerde stoel in het gras, ver onder het balkon. Ik weet niet of ik met de stoel gewóón even naar beneden had kunnen klimmen. Maar zonder stoel was het in elk geval onmogelijk!

Ik voelde aan de balkondeur. Dicht, natuurlijk. Ik probeerde door de neergelaten luxaflex te gluren, maar ik kon niets zien. Het leek pikdonker daarbinnen.

Ik boog me over de balkonreling en probeerde iets anders te vinden om beneden te komen. Opeens zag ik de buurman, die nog steeds in zijn tuin rondscharrelde.

'Help!' riep ik en ik zwaaide wild met mijn armen.

Een vernederende situatie, dat wel! Maar duizend keer beter dan hier wachten tot iemand van Axels familieleden me zou ontdekken. Zelfs de brandweer zou beter zijn!

Maar de buurman lachte en hield zijn handen voor zijn ogen. Toen verdween hij om de hoek.

Ik zakte in een hoekje neer en dacht over de toestand na. Wel, er was eigenlijk niet zo veel om over na te denken. Het was gewoon vernederend, punt uit. Heel erg vernederend!

Een ogenblik dacht ik erover om mijn spijkerbroek uit te

trekken en een broekspijp aan het balkon vast te knopen. Dan kon ik me naar beneden laten glijden zoals de boeven op tv. Maar toen bedacht ik (gelukkig!) dat het moeilijk zou zijn om daarna mijn broek weer los te krijgen. En wat een vernedering als ik in mijn onderbroek naar huis zou moeten! En wat een vernedering als Axel en zijn familie mijn spijkerbroek aan hun balkon zagen wapperen! Nee, bedankt! Er viel steeds meer schaduw over het balkon en de betonvloer onder mijn billen werd ijskoud. Ik had geen horloge, maar het was al over zessen toen ik thuis vertrok, dus nu was het misschien al tegen achten. Misschien zelfs al halfnegen? Het zou in elk geval snel donker zijn. Ik huiverde en probeerde mijn knieën onder mijn jas te krijgen. Stel je voor dat ze naar een feest of zo waren en niet voor middernacht thuiskwamen! Dan ging ik dood van de kou. En mama en Tomas zouden doodgaan van angst. Typisch dat zoiets mij weer overkomt!

Net toen ik mijn tranen bijna niet meer kon bedwingen, ging het licht in Axels kamer aan. Ik veerde op en begon op de deur te bonken. Hoe vernederend dit ook was, ik wilde geen seconde langer op het balkon zitten.

Het licht in Axels kamer ging weer uit. Ik hield op met bonken en probeerde te horen of er iemand binnen was. Het leek doodstil. Maar het kon toch niet dat niemand mij gehoord had! Dat er iemand in de kamer kwam, mijn gebonk niet hoorde en gewoon weer wegging? Aan de andere kant kon het toch ook niet dat er iemand in de kamer kwam, mijn gebonk wel hoorde en gewoon weer wegging? Tenzij... het Axel was die thuiskwam, mijn gebonk hoorde, zag dat ik het was en vond dat ik daar mooi kon blijven staan.

Ik drukte mijn neus tegen de ruit en probeerde iets te zien door de piep-, piepkleine gaatjes in de luxaflex. Opeens knalde de balkondeur zo heftig open dat ik achteroverviel en met mijn rug tegen de reling kwam. Ik durfde net opnieuw adem te halen toen ik een emmer ijskoud water over me heen kreeg. De deur ging dicht, de luxaflex bewoog en er werd een schijnwerper op me gericht.

Het water droop uit mijn haren en ik knipperde met mijn ogen tegen het felle licht. Ik probeerde te begrijpen wat er gebeurde. Was het de politie? Dachten ze dat ik een inbreker was en hadden ze de politie gebeld? Langzaam stak ik mijn handen in de lucht.

'I-i-k geef me over! bibberde ik. 'Ik-ik bedoel, ik-ik he-he-heb niets gedaan! Of ja, iets klei-eins... ik-ik he-he-heb gezegd dat mijn papa a-astronaut was en toe-toen gooide ik een ho-ho-hond op het ho-ho-hoofd van Axel en da-dat was de bedoeling... ma-ma-maar ik ben geen dief... want ik-ik heb gewoon een brie-brief tegen A-axels raam geplakt en toe-

toen ik na-naar beneden wi-wilde klimmen, was de stoe-oel weg en...'

Terwijl ik alles uitlegde, ging de balkondeur op een kier. Maar die schijnwerper was nog steeds op mijn gezicht gericht en ik kon dus niets zien.

'Tilda?' zei iemand opeens verbaasd vanachter de schijnwerper.

'A-axel?' zei ik.

Axel knipte het licht op het balkon aan en deed de schijnwerper uit, die een heel gewone zaklamp bleek te zijn.

'Sorry,' zei hij. 'Ik wist niet dat jij het was. Ik werd zo bang toen ik iemand op het balkon hoorde. Ik dacht dat het een inbreker was...'

'D-die bonken gewoonlijk nie-nie-niet op de deur,' zei ik. 'D-d-die wi-wi-willen liefst niet da-da-dat ie-ie-iemand hen hoort.'

'Nee, dat is waar...' zei Axel, 'daar had ik niet aan gedacht.'

Ik kwam overeind en schudde mijn hoofd als een natte hond.

Axel pakte de emmer op.

'Was je bang?' vroeg hij.

Ik knikte en probeerde zo goed mogelijk mijn haren uit te wringen.

'Ik da-da-dacht dat het de po-po-politie was,' zei ik.

'De politie gooit gewoonlijk niet met een emmer water,' zei Axel lachend.

'N-n-nee, natuurlijk niet...' zei ik, '...daar ha-ha-had ik niet aan gedacht.'

Toen lachten we een hele tijd omdat we zo bang waren geweest en omdat ik zo nat was en omdat het me gelukt was om me op het balkon te hijsen, maar niet om eraf te komen. En alles leek weer bijna net zoals vroeger. Axels bruine cockerspaniëlogen schitterden als hij lachte.

'Je bent echt niet goed wijs,' zei hij.

'N-n-nee, dat we-we-weet ik,' zei ik.

'Doet het misschien ergens pijn?' vroeg Axel na een poosje.

Ik betastte mezelf. Het deed nergens pijn. Integendeel! Ik voelde me fantastisch! Behalve dat mijn tanden klapperden van de kou natuurlijk.

'N-n-nee,' zei ik, 'ma-ma-maar ik-ik be-be-bevries.'

Een straaltje koud water liep langs mijn rug naar beneden. Ik huiverde.

'Kom,' zei Axel en hij pakte mijn hand, 'we gaan naar binnen. Je mag iets van mij lenen.'

Hij haalde een handdoek en een droge, warme trui. Terwijl ik mijn haren droogde, keek ik stiekem naar Axel, die op bed in een Donald Duck zat te bladeren. Ik trok de trui over mijn hoofd. Hij was blauw en rook naar Axel en ik voelde de warmte meteen stromen. Vooral omdat hij van Axel was.

Ik ging naast Axel zitten en wilde hem net een zoen op zijn

wang geven, toen hij opstond en aan zijn bureau ging zitten.

'Wat deed je eigenlijk op mijn balkon?' vroeg hij.

Ik werd rood en hoopte dat hij niets had gemerkt van die zoen. Ik was bijna vergeten waarom ik daar was en ik was bijna vergeten dat we niks meer met elkaar hadden. Alles voelde zo heerlijk vertrouwd. Net zoals vroeger. Maar nu klonk Axel hard en koud. En toen hij naar me keek, zag ik dat de schittering uit zijn ogen verdwenen was.

Ik wees naar de brief op het raam.

'Dat was het enige dat ik wilde doen,' mompelde ik.

Axel draaide zich om en staarde naar de brief. Nu kwam de waarheid, alleen de waarheid en niets dan de waarheid.

'Alles staat daar,' mompelde ik. 'Ik wilde gewoon sorry zeggen omdat ik had gelogen over Buster, ik bedoel Lina, en over papa en over... dat ik niks meer met je wilde. En sorry dat ik Potter op je hoofd heb gegooid. Ik doe het niet meer. Liegen, bedoel ik! En honden op hoofden gooien ook niet meer.'

Waarom was ik zo'n idioot? Waarom ging het altijd fout zodra ik mijn mond opendeed? Honden op hoofden gooien? Alsof ik dat geregeld deed...

Axel draaide rond op zijn stoel, maar zei niets. Ik kon beter weggaan. Het was duidelijk dat hij het me nooit zou vergeven, dat snapte ik nu wel.

'Als je morgen bij me komt, zal ik bewijzen dat het waar is...
dat ik niet lieg,' zei ik in een laatste poging om Axel te overtuigen.

Axel zei nog steeds niets. Ik stond op en liep langzaam naar de deur.

'Hoe laat?' vroeg hij net toen ik de klink vastgreep.

Mijn hart maakte een sprongetje. Misschien toch...?

'Elf uur,' zei ik terwijl ik me omdraaide.

Axel keek naar me en schudde zijn hoofd.

'Je bent niet goed wijs,' zei hij.

Maar ik zag dat zijn ogen weer een beetje schitterden toen hij dat zei.

6. Een praktische uitvinding die men brievenbus noemt...

Als Axel geen emmer water naar me had gegooid, zou ik niet verkouden geweest zijn. Maar nu was ik dat wel.

Ik weet niet of het normaal is dat iemand zich blij voelt nadat hij een uur op een balkon heeft vastgezeten en een emmer ijskoud water over zich heen heeft gekregen. Ik was het in elk geval wel. Want ik had de lichtjes in Axels ogen gezien en ik droeg zijn zachte, warme en naar Axel ruikende trui. En het beste van alles was dat hij morgen bij mij thuis zou komen...

Zodra ik de deur opendeed, kwam mama naar me toe.

'Waar heb jij uitgehangen? Weet je niet dat het al over negenen is? Je had toch ten minste kunnen bellen! Tomas en ik hebben ons...'

Ze deed het licht in de hal aan en zweeg.

'Maar... lieve schat, wat is er gebeurd?' vroeg ze terwijl ze door mijn natte haren streek.

'Niks bijzonders,' zei ik eerst, tot ik aan die belofte van de waarheid dacht. 'Eh... of toch... Ik ben bij Axel op het balkon geklommen...'

'Ben je bij Axel op het balkon geklommen?' zei mama.

'Ja, en toen kon ik niet meer naar beneden, want...'

'Kon je niet meer naar beneden?' zei mama.

Ik zuchtte.

'Als je wilt weten wat er gebeurd is, moet je ophouden met alles herhalen. Anders kan ik het nooit vertellen,' zei ik.

Mama hield gehoorzaam een vinger voor haar lippen.

'Heeft er iemand zin in thee?' riep Tomas vanuit de keuken.

Zin in thee? Ik vloog naar de keuken en schonk een beker vol. Mijn vingers waren nog steeds koud en stijf van het natte balkonbezoek en de warmte van de beker deed me echt goed.

'Maar Tilda,' zei mama terwijl ze voorzichtig een klontje suiker in haar thee liet vallen, 'ik heb nog steeds niet begrepen wat je op het balkon van Axel wilde.'

'Een brief achterlaten,' zei ik.

'Op het balkon?' vroeg mama.

Tomas lachte zo hard dat zijn gezicht er knalrood van werd.

'Heb je nog nooit van een brievenbus gehoord?' hikte hij.

Mama gierde met Tomas mee.

'Heel leuk,' zei ik.

'Dat is een kleine, praktische uitvinding waarin je een brief kunt stoppen,' ging Tomas verder. 'Soms is het gewoon een sleuf met een klep in de deur, soms is het een apart busje met een slot, meestal vooraan in de tuin.'

Mama sloeg dubbel van het lachen. Ik zuchtte diep. Soms zijn ze zo vreselijk kinderachtig.

'Sorry,' zei Tomas na een poosje. Hij hapte naar adem en schraapte zijn keel.

Mama droogde haar ogen.

'Wat gebeurde er dan allemaal, Wildetilda?' vroeg ze. Hoe vaak ik het ook uitlegde, mama bleek niet te snappen dat ik blij kon zijn omdat ik een emmer ijskoud water over me heen had gekregen.

'Tja, het belangrijkste is dat jij je gelukkig voelt,' zei ze ten slotte.

En dat was zo. Absoluut. Morgen zou Axel komen en dan kon ik hem papa's kaart van de Kilimanjaro laten zien. Dan zouden we vast weer met elkaar gaan en zou alles zoals vroeger worden. Of beter dan vroeger, want nu zou ik niet meer liegen. Nooit meer.

Voordat ik ging slapen, deed ik mijn fluwelen koffertje open en las ik de brief van Axel nog een keer. En ik snifte weer. Maar deze keer was het alleen mijn neus. Ik wilde papa's kaart pakken, maar opeens werd ik zo moe dat ik me nog net naar bed kon slepen. Ik trok Axels trui niet eens uit. Ik had er geen energie meer voor. Dat was niet erg, want ik had het nog steeds niet lekker warm.

7. Een echte nietsnut

Als ik niet verkouden was geweest, zou ik de Kilimanjaro niet kwijt zijn geraakt. Maar nu gebeurde dat wel.

De volgende ochtend had ik het meer dan warm genoeg. Mijn temperatuur steeg tot 38,4 graden, om precies te zijn. 'Jij blijft vandaag in bed,' zei mama. 'Ik zal je thee en toast brengen, maar daarna moeten Tomas en ik wel weg. Het spijt me vreselijk, Tilda, maar ik heb beloofd om mee te gaan.'

'Ik red me wel,' zei ik en ik snoot mijn neus in de papieren zakdoek die mama me gaf.

Mijn laken was klef van het zweet. De hele kamer had een klef sfeertje. Mama zette het raam op een kier toen ze de thee bracht. Ze ging op mijn bed zitten en streek een zweterige piek haar van mijn voorhoofd.

'Hoor eens, het spijt me echt, Tilda. Maar ik denk dat Tomas me vandaag meer nodig heeft dan jij. Het is zo moeilijk voor hem. Hij hield zo veel van zijn opa.'

Ik had alleen de kracht om te knikken.

'Om het goed te maken zal ik je vanmiddag extra in de watten leggen. We zullen ongeveer tegen drie uur terug zijn. Oké?'

Ik knikte opnieuw.

'Je kunt me altijd bellen als er iets is!' riep mama vanuit de hal.

'Tijdens de begrafenis?' vroeg ik.

'Tja, nee,' zei mama. 'Maar je kunt naar oma bellen als je wilt. En blijf in je bed!'

'Ja hoor,' zei ik.

Ik had echt geen andere plannen. Toen ik opstond om te plassen en wat water te halen, golfde de vloer onder mijn voeten. Ik was zo duizelig dat ik vergat om het deksel op te klappen toen ik op de wc ging zitten. (Gelukkig voelde ik wel dat er iets fout was voordat ik begon te plassen!) Daarna liet ik me terug in bed vallen en zonk ik weg in een diepe slaap... tot ik opeens de bel hoorde.

Eerst kwam het geluid van heel, heel ver weg, als in een droom. Toen werd ik wakker en begreep ik dat het echt was. Dat er op dit ogenblik echt een bel klonk. Ik kwam overeind en greep de telefoon op mijn bureau. Ik knipperde verbaasd met mijn ogen, omdat ik alleen een eentonig 'tuut' hoorde.

'Hallo?' zei ik.

Toen hoorde ik de bel weer. Ik keek niet-begrijpend naar de telefoon, tot het langzaam tot me doordrong. Het was de deurbel!

Slechts gekleed in een trui wankelde ik naar de hal en deed de deur open.

'Hallo!' zei Axel.

'Hallo?' zei ik terwijl mijn verwarde hoofd niet snapte

waarom Axel opeens voor mijn deur stond. Ik hoorde toch in bed te blijven?

'Ik dacht al dat er niemand thuis was,' zei hij.

Ik staarde hem verbaasd aan.

'Waarom belde je als je dacht dat er miemand thuis was?' vroeg ik.

'Haha!' lachte Axel. 'Ik bedoel dat het nogal een tijd duurde voordat je de deur opendeed.'

'O ja?' zei ik.

Hij wierp me een vreemde blik toe.

'Mag ik misschien binnenkomen?' vroeg hij.

'Ja, matuurlijk,' zei ik en ik maakte plaats voor hem.

Axel trok zijn gymschoenen uit en hing zijn jas op.

'Heb je in die trui geslapen?' vroeg hij lachend.

Ik knikte. Ik begreep niet wat er grappig aan was, maar toen snapte ik dat ik Axels trui droeg. En dat Axels trui het enige was dat ik aanhad. Ik begon ook te snappen dat hij niet was gekomen omdat hij dacht dat er niemand thuis was.

'Weet jij wat het verschil is tussen een balkon en een brievenbus?' vroeg Axel op weg naar mijn kamer.

'Och... dat...' zei ik langzaam.

'Ze kunnen jou niet met de post opsturen!'

Axel lachte zo hard dat het in mijn lege hoofd weergalmde.

Hahaha... balkon... brievenbus...

Opeens herinnerde ik me waarom hij hier was. De kaart! Hij zou papa's kaart bekijken! Ik trok de onderste la van mijn bureau open, waar mijn stapeltje kaarten en brieven ligt. Axel klom in de trapeze. Ik haalde het elastiekje eraf en begon sniffend door de kaarten te bladeren.

'Ben je verkouden of zo?' vroeg Axel.

Ik knikte. Waar zat die stomme kaart? Ik bladerde en bladerde. Nu had ik al een aantal keren door het stapeltje gebladerd. Geen Kilimanjaro! Axel schommelde verder.

'Ik dacht eigenlijk dat je ook loog over Afrika, maar toen ik de brief las, toen... ja, toen snapte ik het.'

Ik snotterde als antwoord en bladerde weer door het stapeltje. Geen Kilimanjaro! Ik rommelde in de la tussen de andere oude papieren. Geen Kilimanjaro!

'Wat is een nietsnut eigenlijk?' vroeg Axel, die mijn paniek niet leek op te merken.

'Och...' zei ik en ik trok de la erboven open.

Ik haalde mijn dagboeken eruit, mijn verzameling bladwijzers en mama's oude postzegelboeken. Ik vond een gekreukeld filmkaartje, twee euro en drie toffeepapiertjes. Maar geen Kilimanjaro!

'Och... dat is iemand die...'

De volgende la. Alleen krijtjes en stiften.

'... iemand die miet...'

Mijn ogen gleden wanhopig over mijn bureau. Geen Kiliman-jaro te bespeuren.

'... die miet goed is im...' mompelde ik en ik zonk uitgeput op mijn bed neer.

Nu had Axel begrepen wat er aan de hand was. Hij zat zo stil als je op een trapeze kunt zitten.

'Je hebt geen kaart, hè?' zei hij en hij keek me boos aan. Ondanks zijn koude blik gloeiden mijn koortsige wangen meer dan ooit.

'Ik had hem,' zei ik ongelukkig. 'Het is echt...'

'... waar, zeker?' brieste Axel en hij sprong van de trapeze.

Ik knikte zwijgend.

'Ik weet alleem miet zo goed waar hij is...'

Het jeukte in mijn verstopte neus en ik snotterde iets luider dan nodig was.

'... em ik bem ziek,' zei ik.

Ik hoopte dat Axel medelijden met me zou hebben. Maar dat had hij niet.

'Jij vindt altijd wel iets om de schuld van je af te schuiven hè?' zei hij en hij verdween naar de hal.

Ik hoorde hem zijn jas aantrekken, maar ik ging niet achter hem aan. Ik had niets meer te zeggen. Hij zou me toch nooit geloven.

'Weet je wat?' riep hij vanuit de hal. 'Jij bent net zoals je vader. Een echte nietsnut!'

8. De eerste indruk is belangrijk!

Als ik de Kilimanjaro niet was kwijtgeraakt, zou ik niet op de verkeerde wc zijn gegaan. Maar nu deed ik dat wel.

Toen de deur achter Axel dichtsloeg, wierp ik me op die arme Bodil en veranderde ik haar weer in een natte zwabber. 'Waarom, waarom, waarom gebeuren zulke dingen altijd bij mij?' vroeg ik haar. 'Waarom wordt het altijd zo'n warboel?' Bodil leek na te denken. 'En waarom ligt die stomme kaart niet in die stomme la, waar hij hoorde te liggen?'

'Omdat je hem ergens anders gelegd hebt, pukkie,' zei Bodil.

Ik staarde haar aan.

'Waar dan?' snotterde ik.

Maar Bodil verviel weer in haar rol van zwabber. Ik zuchtte. Ik was waarschijnlijk zieker dan ik dacht. Maar ze had me op een idee gebracht. Ik had de kaart misschien ergens anders gelegd. Hoe meer ik erover nadacht, hoe zekerder ik ervan werd dat ik hem ergens anders had gelegd. Op een veilige plek. Zodat hij niet zoek zou raken! De vraag was alleen: waar? Ondanks alles moest ik lachen. Dit was toch te gek!

Ik rommelde wat in de kartonnen dozen die nog niet uitgepakt waren, maar ik kreeg niet het gevoel dat hij daar lag. Ik bedacht ineens dat het eerder iets met tante Doris te maken had. Of met Loppan? Maar hoe ik mijn koortsige hersens ook inspande, ik kwam geen stap verder. Ik moest gewoon naar tante Doris en misschien zou het dan vanzelf duidelijk worden. Eigenlijk mocht ik niet naar buiten, maar het was nu belangrijker om die kaart terug te vinden. En mama zou zeker niet voor drie uur thuis zijn, dus...

Ik hield Axels trui aan, omdat die me een goed gevoel gaf. En ik pakte mijn spijkerbroek, die om de een of andere reden heel moeilijk dichtging. Toen wankelde ik naar het huis van tante Doris.

'Maar Tilda, wat zie je eruit!' zei tante Doris toen ze de deur opendeed. 'Loop je er tegenwoordig zo bij?'

'Ik bem ziek', zei ik, omdat ik dacht dat ze mijn haar bedoelde. Ik had net bedacht dat ik het sinds gisterochtend niet meer had geborsteld.

'Oh?' zei tante Doris niet-begrijpend. 'Word je sneller beter door je broek binnenstebuiten te dragen?'

Ik staarde naar mijn spijkerbroek. Geen wonder dat ik hem zo moeilijk dicht kreeg! Gelukkig kon het Loppan niets schelen of ik mijn broek binnenstebuiten of achterstevoren of ondersteboven droeg. Zij hield gewoon verschrikkelijk veel van me. Zelfs als ik misschien een nietsnut was. Loppan sprong zo hoog ze kon op haar kleine, korte pootjes en rende naar het bankje bij de telefoon om de riem te halen.

'Ik kam eem rondje met haar lopen,' zei ik sniffend.

Tante Doris legde een hand op mijn voorhoofd en schudde haar hoofd.

'Jij gaat helemaal nergens naartoe,' zei ze. 'Je bent veel te koortsig, kleine meid. Kom mee naar de keuken, dan zal ik wat thee voor je zetten. Heb je al een neusspray gebruikt?'

'Mee,' zei ik.

Ik ging op een stoel zitten, tilde Loppan op mijn schoot en liet mijn vingers over haar zachte vacht glijden. Tante Doris zette water op, verdween even naar de badkamer en kwam terug met een spray.

'Hier,' zei ze. 'Even in elk neusgat spuiten en je zult zien dat het meteen beter gaat.'

Ik snoot mijn neus, gebruikte de spray en snoot opnieuw. En opnieuw. En opnieuw. Loppan staarde me beledigd aan, want ik verstoorde haar schoonheidsslaapje. Hoofdschuddend zette tante Doris theekopjes en een blik koekjes op tafel.

'Heeft je mama je echt zo ziek naar buiten laten gaan?'

'Mama is niet thuis,' zei ik, verbaasd dat mijn 'n' opeens weer normaal klonk.

'Dat dacht ik al,' zei tante Doris. 'Wel, wat heb je me te vertellen, Tilda? Want je kwam waarschijnlijk niet alleen om Loppan te zien.'

Ik schudde mijn hoofd omdat ik net mijn tanden in een koekje had gezet.

'Wil je iets lenen?' vroeg tante Doris voorzichtig.

We hebben minder dan een jaar in hetzelfde flatgebouw als tante Doris gewoond, maar in die korte periode hebben we ongeveer alle losse dingen uit haar flat geleend. Een broodrooster, een naaimachine, een mixer, een deegroller, een nietmachine, een voetenbank en een hoedenplank (alhoewel die vastzat, natuurlijk, zodat ze hem moesten losschroeven)... tja, al die overbodige luxespullen die mama bij een vorige verhuizing had weggegooid, snap je. Maar dat gaf niets, zei tante Doris, want ze had van bijna alles minstens drie stuks.

Ik schudde opnieuw mijn hoofd.

'Nee, die overbodige dingen heeft Tomas meestal,' zei ik. 'Ik ben iets kwijt en ik probeer me te herinneren waar ik het heb neergelegd.'

Tante Doris keek om zich heen.

'Denk je dat je het hier hebt neergelegd?'

'Nee, maar ik weet dat ik het op een veilige plek heb gelegd,' zei ik. 'Zodat het niet zoek zou raken.'

'En nu weet je niet meer waar die veilige plek was?' zei tante Doris.

Ik schudde mijn hoofd. Tante Doris lachte zo hard dat Loppan weer wakker werd.

'Tja,' zei tante Doris. 'Ik vrees dat ik niet de juiste persoon ben om je te helpen. Ik heb elke dag problemen met die veilige plekjes. Maar ik dacht dat dit met mijn leeftijd te maken had.'

'Vind je ze soms ook terug?' vroeg ik terwijl ik nog een koekje nam.

Tante Doris lachte weer.

'Ja, hoor! Niet zo lang geleden vond ik een paar sleutels in mijn schoenen en vanochtend ontdekte ik de huurovereenkomst in de koelkast. Dat was een mooi voorbeeld van een veilig plekje. Heb je daar al gekeken?'

Ik snoot mijn neus voor de duizendste keer. De koelkast was de enige plek waarvan ik zeker wist dat die het niet was. Ik tilde Loppan op en probeerde een antwoord in haar fluweelbruine ogen te lezen. Maar Loppan ontweek mijn blik en had meer interesse voor het koekje op tafel dan voor mijn vraag. En toch was ik er vast van overtuigd dat het veilige plekje met Loppan te maken had.

'Het spijt me,' zei tante Doris. 'Ik kan je blijkbaar niet helpen. Maar ik denk dat je nu naar huis moet. Jij hoort in je bed!'

Loppan en tante Doris liepen een eindje met me mee. Zodat ik niet opnieuw tegen een lantaarnpaal zou lopen, zei tante Doris.

'Een mens moet goed zorgen voor het beetje verstand dat hij heeft,' lachte ze.

Als je tenminste verstand hebt, dacht ik. Ik had nergens verstand van. Axel had het uitgemaakt, de Kilimanjaro was verdwenen en de hele wereld ging op en neer. Nee, nu zag ik dubbel... Misschien was het medicijn uitgewerkt? Vóór mij liepen in elk geval twee tante Dorissen. En twee Loppannen. Lopende pannen! giechelde ik en ik deed het bijna in mijn broek van het lachen. De tante Dorissen en de Lopannen keken ongerust naar me.

'Weet je zeker dat je vanaf hier veilig thuiskomt?' vroegen de Dorissen.

'Dat lukt me best,' zei ik en ik zwaaide een afscheidsgroet naar mijn vier vrienden.

De verdere weg naar huis neuriede ik het liedje van Baloe. Ik ben Baloe de bruine beer, Baloe de dikke bruine beer. Ik vind het berenleven niet zo kwaad... Dan waggel ik naar de waterbron en rust wat uit in de ochtendzon. Zo'n leven dat is goed... Baloe de bruine beer, die weet wel wat hij doet... en hoe het moet.

Ik denk dat ik het liedje ook neuriede toen ik de deur opendeed en naar de wc rende. Ik trok mijn spijkerbroek naar beneden (die nog steeds binnenstebuiten zat, en duidelijk nog moeilijker los dan vast te knopen was) en liet me met een diepe zucht van opluchting op de wc zakken. God, wat deed dat me goed!

Met mijn broek op mijn voeten wierp ik een koortsige blik in de hal. Leuk! Er lag een blauwe mat... Die hebben ze waarschijnlijk ook bij IKEA gekocht, dacht ik. Maar van wie waren die schoentjes? Een paar lichtblauwe gympies in babymaat lagen midden op de mat. Ik begreep er niets van. We hadden toch geen baby? Mijn ogen dwaalden terug naar de badkamer. Een paarse badmat, een wc-stoeltje voor kleine kinderen, handdoeken met bloemetjes... Iets zei me dat het niet klopte... helemaal niet klopte...

'Simon! Kom je?' riep een stem ineens vanuit de keuken. 'En vergeet niet om je handen te wassen!'

Simon? Ik probeerde snel te denken. Maar door de koorts kwam ik niet verder dan slow motion. Kenden wij iemand die Simon heette? En wat deed hij hier dan? Vandaag? Was hij meegekomen na de begrafenis? En was het al over drieën? Ik greep mijn broek en zette mijn voeten op de vloer. Op hetzelfde moment dat ik mijn broek omhoogtrok, kwam Simon, een jongen van mijn leeftijd, de badkamer binnen.

Plotseling leek het alsof de munt in de automaat viel, de koortsmist optrok en ik de badkamer en de hal in een nieuw daglicht zag.

'Sorry,' mompelde ik en ik deed een mislukte poging om mijn omgekeerde broek dicht te knopen. 'Ik liep de verkeerde deur in.... Ik woon eigenlijk daar,' zei ik en ik wees naar het plafond.

Terwijl ik aan mijn broek friemelde, verzamelde de rest van de familie zich voor de badkamerdeur. Simon, Simons mama, Simons papa, twee kleine kinderen en een Franse buldog keken me verwonderd aan.

'Oh, dus jij hoort bij het gezin dat een paar weken geleden hierheen is verhuisd?' vroeg Simons mama toen ze een beetje van de schrik bekomen was.

'Tja, gezin en gezin...' zei ik.

Ik was er nog niet aan gewend dat we een gezin vormden, mama en ik en Tomas. Het was oké dat we samenwoonden. Maar een gezin...?

'Ik ben een beetje ziek,' zei ik en ik maakte een draaiende beweging met mijn wijsvinger. Om aan te geven hoe duizelig ik was en tegelijk mijn onverwachte bezoek te verklaren. Simons familie bekeek me met grote ogen en een vriendelijke glimlach. Ik wist niet zeker of ze begrepen wat ik bedoelde.

'Zo, dat is dan klaar,' zei ik terwijl ik de wc doorspoelde. Ik waste mijn handen en droogde ze af aan de handdoek met bloemetjes.

De hal golfde onder mijn voeten, maar ik slaagde erin om de buitendeur vast te grijpen voordat hij wegleed.

'Het was leuk om jullie te ontmoeten,' zei ik beleefd voordat ik ging.

Mama zou trots op me geweest zijn, dacht ik. Je moet altijd een goede eerste indruk maken!

'Tot de volgende keer,' zei de mama van Simon.

9. Droom of werkelijkheid?

Als ik niet naar de verkeerde wc was gegaan, dan zouden de buren niet verhuisd zijn. Nee, ik maak maar een grapje! Ze wonen er nog steeds, gek genoeg. Maar als ik niet bij hen was geweest, zou ik me nooit het 'veilige plekje' hebben herinnerd. En nu gebeurde dat wel.

Hoewel het nog een poosje duurde. Toen mama en Tomas terugkwamen, lag ik in mijn bed te slapen en leek het alsof ik nooit iets anders had gedaan. En dat deed ik nog drie dagen daarna. Mama en Tomas verzorgden me afwisselend. Ze brachten water en medicijnen, eten en de thermometer, ze luchtten de kamer en verschoonden mijn bezwete lakens. En ik merkte er nauwelijks iets van.

Als ik niet zo ziek was geweest, dan zou ik waarschijnlijk dood zijn gegaan van schaamte toen ik bij de buren op de wc zat. En met de deur open! Maar nu gleed de schaamte weg in de mist van vreemde dromen die de koorts door mijn hoofd joeg.

Ik wist niet of ik sliep of wakker was. Eerst vierde ik de verjaardag van Julia's oma tussen de palmen en de zwembaden en even later klom ik samen met papa op de besneeuwde toppen van de Kilimanjaro. En het zag er allemaal zo echt uit! Ik rook de geur van zonnebrandcrème en chloor van het zwembad en ik voelde het gewicht van de rugzak en de vederlichte sneeuw op mijn wangen.

Toen zat Axel opeens in zijn blauwe trui op de trapeze. Hij schommelde zo hoog dat hij het plafond met zijn tenen raakte en hij kletste over circusartiesten en nietsnutten. Even later zat hij op de rand van mijn bed en hield hij mijn hand vast. Hij zei dat hij papa's kaart had gevonden in een schoen in de koelkast van tante Doris. En alles leek een droom.

Maar ik droomde vooral over honden. Labradors, Franse buldoggen, poedels, poedel-teckels, lopende pannen, zwabbers en andere honden sprongen vrolijk door mijn hoofd. Ze blaften en keften alsof ze me iets belangrijks wilden vertellen. Maar ik begreep er geen kef van. Toen ik wakker werd, omhelsde ik Bodil en Gunnel en huilde ik omdat ik Potter had weggegooid. God, wat miste ik hem! Hij was absoluut de aller-, allerliefste kleine poedel-teckel die je je kunt voorstellen. Als je je er zo eentje kunt voorstellen, natuurlijk!

Op dinsdagavond begon ik uit mijn dromen te ontwaken. De koorts verdween, de kamer golfde niet meer en alles zag er weer normaal uit.

'Maar morgen blijf je ook nog thuis,' zei mama. 'Zodat je weer helemaal beter bent als je naar school gaat.'

Ik knikte. Ik had er absoluut niets op tegen om thuis te blijven. Julia was toch weg en Axel wilde ik liever niet tegenkomen. Durfde ik niet tegen te komen. Tenminste niet voordat ik de Kilimanjaro had teruggevonden.

'Luister eens, we moeten een nieuwe jas voor je kopen,' zei mama. 'Terwijl je ziek was, is de zomer begonnen. Het was vandaag bijna twintig graden buiten. Misschien kunnen we morgen na mijn werk naar de stad gaan, als je je goed genoeg voelt. Ik zal wat vroeger naar huis komen.'

Ze aaide mijn wang en glimlachte. Opeens giechelde ze.

'Ik heb trouwens gehoord dat je met de buren onder ons kennis hebt gemaakt.'

Ik trok het dekbed over mijn hoofd. Shit, zeg! Dat was dus waar. Ik had een beetje gehoopt dat het een gekke koortsdroom was.

Mama lachte en kuste me door het dekbed heen.

'Dat geeft niets, hoor,' zei ze. 'Iedereen loopt weleens een verkeerde deur binnen.'

Ja, dacht ik, maar nu ging het niet om iedereen. Het ging om mij. Ik, ik, ik. Altijd ik. En wat een blunder! Wat een vreselijk vernederende situatie!

'Ze vonden je echt schattig!' zei mama.

Ik steunde luid vanonder mijn dekbed. Welja! Een wildvreemd kind met slordige piekharen en haar broek binnenstebuiten rent je flat binnen en plast met de wc-deur wagenwijd open. Echt schattig! Vooral Simon moet dit onvoorstelbaar schattig hebben gevonden!

'Ik durf me nooit meer in dit gebouw te vertonen,' jammerde ik. 'En ook niet op school. Simon zit daar vast ook. Iedereen zal me uitlachen.'

'Simon zit in 5E,' zei Tomas, die intussen blijkbaar ook in de kamer was. 'Hij had trouwens gym vandaag. Ik vraag me af of... jaaa, ik weet bijna dat ik ze hoorde praten over een zekere Tilda uit de derde...'

Ik sloeg het dekbed naar beneden en staarde geschrokken naar Tomas. Mama stootte met haar elleboog in zijn zij.

'Hou op,' lachte ze. 'Dat deden ze natuurlijk niet.'

Tomas zuchtte.

'Nee, dat deden ze niet. Simon is een heel aardige jongen, Tilda. Net zoals Axel. Je hoeft niet bang te zijn.'

Ik gooide Bodil naar hem toe.

'Help, nu begint ze weer met honden te gooien,' lachte Tomas.

'Dat is een goed teken,' zei mama. 'Zo weten we dat ze beter is.'

Op woensdag was ik alleen thuis. Ik voelde me weer prima en werd een beetje onrustig. Omdat ik niets beters te doen had, maakte ik nog een verhuisdoos leeg. Ik legde de kleren in mijn kast en schikte een paar spulletjes op de plank boven mijn bed. Maar nog steeds geen Kilimanjaro!

Ik ging op bed liggen en staarde naar het plafond. Wat had ik met de kaart gedaan? Ik dacht meteen aan Loppan en aan Sara's labrador Lina. Wat hadden die ermee te maken? Opeens hoorde ik een schurend geluid in de flat boven ons. Alsof iemand een groot, zwaar meubel over de vloer sleepte. Gek eigenlijk... ons plafond is de vloer van iemand anders. Daar had ik nog nooit over nagedacht. En onze vloer is het plafond van iemand anders... van Simon, in dit geval... Ik voelde dat ik rood werd tot achter mijn oren. Hoe kon ik toch zo lomp zijn?

Ik deed mijn ogen dicht en probeerde niet meer aan die blunder te denken. Maar het ging niet. Hoe hard ik mijn ogen ook dichtkneep, toch verscheen de verbaasde familie in mijn hoofd. Er dook een klein, zwart figuurtje achter een been van Simons papa op. Ja, dat klopte, ze hadden een Franse buldog. Zo'n klein, lelijk ding dat eruitziet alsof het tegen een muur is geknald. Met grote ogen, vleermuizenoren en een varkensstaart. Oooh, die zijn zo lief!

Ik dacht aan de foto van de Franse buldog in mijn grote hondenboek. Daar heeft hij een rode boerenzakdoek om zijn nek. Absoluut een van mijn favorieten. (Hoewel ik er veel heb. Op een keer heb ik bij al mijn favoriete honden een rode ster gezet. Het waren er 238... van de 254!)

Ik stond op om mijn hondenboek van de plank te pakken.

Het is een groot boek dat je niet kunt missen. Pas toen ik twee keer alle boeken had gecontroleerd, herinnerde ik me dat ik het aan Axel had uitgeleend. Net voordat we hierheen verhuisden. (Axel is ook gek op honden en zijn kleine broer is net zo allergisch als mama.) En toen ik me herinnerde waar het boek was, herinnerde ik me tegelijk iets anders... dat het 'veilige plekje' in het grote hondenboek was!

10. Voor Tilda! Van Axel

Als ik me niet had herinnerd waar het 'veilige plekje' was, zou ik dat schattige bezoekje nooit hebben herhaald. Maar nu deed ik dat wel.

Ik ging weer op bed liggen en staarde opnieuw naar het plafond. Eigenlijk moest ik dolgelukkig zijn, omdat ik me eindelijk herinnerde waar de kaart was. Maar ik voelde me woedend. Het was toch niet normaal! Ik zocht me te pletter naar die stomme kaart en nu bleek die gewoon bij hem thuis te liggen. Heel de tijd al!

De buren boven gingen maar door met dingen over de vloer slepen. Misschien gaan ze verhuizen, dacht ik, en ik zag al die keren voor me dat mama en ik onze spullen naar boven en naar beneden en eruit en erin gesleept hadden. Arme buren, dacht ik.

Maar waarom had Axel de kaart niet gezien? Dan was dit allemaal niet nodig geweest! Dan wist hij al lang dat papa op de Kilimanjaro zat.

Zou hij nog niet in het boek hebben gekeken? Hij had het toch al een aantal weken. Ik zou nooit een hondenboek in huis kunnen hebben zonder erin te kijken. Zelfs geen paar dagen... of een paar uren... of minuten. Nee, ik zou het meteen doorbladeren zodra ik thuiskwam. En dan zou ik natuurlijk de kaart hebben gevonden... als die niet...

Ik kreeg een ijskoud gevoel in mijn buik. Stel je voor dat de kaart niet in het boek lag. Dat hij eruit was gevallen zonder dat iemand het had gemerkt. Stel je voor dat de kaart er echt niet meer was... dat ik hem niet kon vastpakken... dan zou ik het nooit aan Axel kunnen bewijzen...

Er was geen andere oplossing. Ik moest controleren of de kaart nog in het boek lag. En dat moest gebeuren terwijl Axel weg was. Het was nu halfeen. Over een uur ging zijn school uit. Met een beetje geluk was zijn moeder thuis voor de lunch en kon ik het boek inkijken zonder dat Axel het wist.

Maar ik moest een excuus bedenken. Ik kon niet gewoon Axels kamer binnendenderen en even later gewoon weer verdwijnen. Dat zou wel heel erg verdacht lijken!

Opeens kreeg ik een schitterend idee: ik kon zijn trui terugbrengen. Wat een geluk dat ik die had!

Ik keek om me heen naar Axels blauwe trui. Hij lag niet op de stoel, hing niet op een haak achter de deur, lag niet in of onder mijn bed... Ik trok de klerenkast open en gooide alles wat ik er net in had gelegd weer uit. Geen trui. Ik rende naar de hal en keek op de hoedenplank en op het nieuwe bankje, waar al een heleboel spullen lagen die geen andere plaats hadden. (Of misschien hadden ze wel een andere plaats, maar wist niemand waar die was. Of misschien hadden ze een andere plaats en wist iedereen waar die was, maar had niemand de energie om ze daar te leggen. Dat gebeurt wel vaker!)

Toen keek ik in de woonkamer, in de badkamer, in de keuken... ja, eigenlijk overal. Zelfs in de koelkast! Maar de trui was spoorloos verdwenen.

Dit kon toch niet! Ik plofte neer op een keukenstoel. Eerst verdween de kaart. Dat was niet leuk, maar dat kon gebeuren omdat een kaart klein en plat is. En zeker omdat ik intussen wist dat hij in een boek bij Axel thuis lag! Maar een trui is niet klein en plat. Die moet je gemakkelijk kunnen zien! Bovendien wist ik voor honderd procent zeker dat die trui niet bij Axel thuis lag. Ik had hem zelf aan toen ik zondag van tante Doris terugkwam, dat wist ik heel goed. Ach wat, ik zou later wel verder zoeken. Nu moest ik vlug naar het huis van Axel, voordat zijn moeder weer weg was. En voordat Axel thuiskwam.

Ik was helemaal vergeten dat de zomer was begonnen terwijl ik ziek in bed lag. Het was echt warm! Mijn spijkerbroek (niet binnenstebuiten deze keer!) en mijn winterjas waren een totaal verkeerde keuze. Toen ik bij Axels huis kwam, voelde ik mijn haren samenklitten onder mijn fietshelm. Zijn moeder was thuis. Ze deed de deur open met een boterham met kaas in één hand en een kop koffie in de andere.

'Nee maar, hallo, Tilda!' zei ze. 'Ben je weer beter?'

'Eh, ja...' zei ik en ik vroeg me af hoe ze kon weten dat ik ziek was geweest. (Maar ik vroeg me vooral af hoe ze het voor elkaar had gekregen om de deur open te krijgen.)

'Axel is nog niet thuis,' zei ze. 'Hij komt pas... ja, op woensdag is dat rond halftwee.'

'Eh...' zei ik weer, want ik was natuurlijk vergeten om een ander excuus te bedenken. 'Ik wou alleen...'

Axels moeder dronk een slok koffie en wierp een gejaagde blik op de klok.

'Ach lieve God, is het al zo laat? Ik moet ervandoor. Maar je mag binnenkomen en hier wachten, Tilda. Axel komt straks.'

Vlug rende ik de trap op naar Axels kamer. Vlug, vlug! Ik moest weg zijn voordat zijn moeder vertrok.

Ik keek om me heen. Axels kamer is niet zo'n puinhoop als die van mij. Elk ding heeft zijn eigen plaats. En opeens begreep ik het nut ervan. Dat maakt het veel gemakkelijker om iets te vinden! Je hoeft eigenlijk helemaal niet te zoeken. Het hondenboek lag op het nachtkastje. Ik zag het meteen. Mijn hart klopte in mijn keel terwijl ik snel door het boek bladerde. Leeg! Het was leeg! Ik schudde het boek heen en weer zodat de bladzijden flapperden. Leeg! Helemaal leeg! Met het boek in mijn handen zonk ik neer op Axels bed. Het boek was geen 'veilige plek'. Het was een stomme plek. Een onvoorstelbaar stomme shitplek! De koelkast was duizend keer beter geweest, dacht ik terwijl ik het boek teruglegde op het kastje.

En toen zag ik het roze cadeaulint onder het bed. Ik kon het niet laten om er even aan te trekken. Er schoof een klein pakje in glimmend zilverpapier tussen mijn voeten. Ik voelde een kramp in mijn buik. Aan wie wou Axel dit mooie pakje geven?

Ik gluurde naar de deur, die op een kier stond, zodat ik kon horen of er iemand de trap opkwam. Toen bukte ik me en nam het pakje op mijn schoot. Het was erg dun en bij het betasten voelde het hard aan. Opeens ontdekte ik tussen al het gekrulde lint een piepklein kaartje. Er was een hond op getekend, met bloemen in zijn poten. Ik slikte hard en draaide voorzichtig het kaartje om.

Voor Tilda! Van Axel

Ik staarde naar de woorden. Het duizelde voor mijn ogen, zodat ik maar met moeite begreep wat er stond. Ik voelde me net alsof ik weer koorts kreeg. Opeens snapte ik alles. Voordat alles fout ging, had Axel natuurlijk al een pakje voor mijn verjaardag gekocht. En nu lag het onder zijn bed, omdat hij het me niet meer wilde geven. Ik slikte en slikte.

'Ik ga nu weg, Tilda!' riep Axels moeder van beneden uit de hal.

Ik was haar helemaal vergeten en schrok zo hevig dat het pakje van mijn schoot gleed. Met een zachte krak viel het op de grond. Ik zat als versteend. Nee, niet ook dat nog!

Toen hoorde ik stappen op de trap.

'Tilda, ik herinner me net dat Axel vandaag met Lina zou gaan wandelen voordat hij naar huis zou komen. Sara wou zeker iets met hem bespreken. Wil je zo lang wachten?'

'Nee, ik kom!' riep ik en ik duwde snel het pakje weer onder het bed.

Hier opgesloten zitten tot Axel thuiskwam was absoluut het laatste wat ik wilde. Die keer op het balkon was al erg genoeg!

'Je kunt natuurlijk ook naar Sara gaan. Als je geluk hebt, vind je hem daar,' zei Axels moeder toen ik op de trap langs haar liep.

Als ik geluk had, zag ik hem níét, dacht ik. Want op dit moment had ik verschrikkelijk veel goede redenen om hem niet te willen zien. Ik kon papa's kaart niet vinden, ik kon Axels trui niet vinden en nu had ik ook nog dat mooie pakje gebroken. Een pakje dat ooit voor mij bedoeld was, maar dat hij me nooit meer zou geven.

Heel langzaam fietste ik naar huis. Telkens veranderde de straat in een wazige vlek, die ik nijdig wegknipperde. Ik had niet met mezelf te doen. Het was gewoon mijn eigen schuld. Axel heeft gelijk, dacht ik. Ik ben een nietsnut. Iemand met wie niets te beginnen is. Ik kan nergens voor zorgen. Alles wat ik aanraak, raakt zoek of gaat stuk. Ik kan net zo goed naar papa verhuizen. Dan kunnen we samen de nietsnut uithangen. Op de Kilimanjaro bijvoorbeeld! Dat is misschien ver genoeg... en mama heeft nu toch Tomas, dacht ik. Ik zal vragen of papa me komt halen... de volgende keer dat hij me belt...

Voor het flatgebouw deed ik mijn fiets op slot en ik liep naar binnen. OPGELET! Lift stuk! stond er op een briefje bij de liftdeur.
'Typisch!' mompelde ik en ik stormde woest de trappen op. Toen ik op Simons verdieping kwam, zag ik opeens Lina hijgend de trap aflopen. Ze sleepte haar rode riem achter zich aan en herkende me meteen. Liefdevol likte ze mijn gezicht. Dat is zo leuk aan honden. Alsof ze begrijpen hoe je je voelt, alsof ze weten dat je verdrietig bent en getroost wilt worden.
'Wat doe jij hier?' vroeg ik met mijn gezicht tegen haar vacht.

Ik had nauwelijks het gevaarlijke antwoord bedacht, toen ik Axel van een verdieping hoger hoorde roepen. Mijn verdieping!

'Lina! Kom hier! Waar zit je? Lina!'

Axel was op weg naar beneden. Wat moest ik doen? Ik keek vlug om me heen, maar in een trappenhuis vind je niet snel iets om je achter te verstoppen. En als ik naar beneden liep, zou Lina me volgen. Ik had gewoon geen andere uitweg. Goede God, zorg er alsjeblieft voor dat hij niet op slot zit, dacht ik. Op hetzelfde moment dat Axels voet op de trap zichtbaar werd, trok ik Simons deur open en glipte naar binnen.

11. Een vrolijk worstje

Als ik dat schattige bezoekje niet had herhaald, zou ik nooit een waanzinnig goed idee hebben gekregen. Maar nu kreeg ik dat wel.

Ik gluurde door het kijkgaatje in de deur. Waarom gingen Axel en Lina niet weg, zodat ik onopgemerkt naar buiten kon? Maar Axel en Lina leken geen haast te hebben. Lina snuffelde aan de deur, jankte en duwde tegen Axels been om hem te vertellen dat ik daarbinnen was. Gelukkig begreep Axel de hondentaal niet zo goed.

'Wat is er?' vroeg hij. 'Ruikt het daar naar hond?'

Net toen hij dat zei, voelde ik een paar poten in mijn knieholte. Maar omdat Axel nog voor de deur stond en de ongelukkige Lina bleef snuffelen, durfde ik me niet te bewegen. De buldog begon enthousiaste geluidjes te maken en het zou niet lang duren voordat iemand zich afvroeg wat de reden daarvoor was.

'Sssshh... sssshhhh,' zei ik en ik gluurde verder door de hal.

Eindelijk trok Axel Lina bij de riem.

'Kom, Lina,' zei hij. 'Hier is niemand die je kent...'

Je zou eens moeten weten, dacht ik.

Zodra Axel en Lina waren verdwenen, legde ik mijn hand op de klink... te laat! Achter me schraapte iemand luid en veelbetekenend zijn keel.

Ik deed mijn ogen dicht en liet de klink los. Shit, zeg! Laat het alsjeblieft niet Simon zijn...

'Jij kunt zeker niet tot vier tellen?' spotte degene die zijn keel had geschraapt.

Natuurlijk was het Simon! Hoe dom was ik om iets anders te hopen! En hoe lief Simon volgens Tomas ook mocht zijn, ik vond toch dat hij plagerig keek toen ik me omdraaide om uit te leggen wat ik daar deed. Alweer!

'Ja,' zei ik, 'dat kan ik wel...en ik ging eigenlijk niet de verkeerde...'

'Vreemd,' zei Simon en hij lachte nog harder, 'want zo zie ik het toch niet.'

Hij ging op zijn hurken zitten en kriebelde de buldog achter een oor.

'Ja, dat weet ik, maar ik kwam hier eigenlijk expres binnen... omdat... omdat... ja, dat is zo ingewikkeld...' zei ik terwijl ik voelde dat mijn gezicht steeds roder werd.

De buldog rolde op zijn rug, zodat Simon zijn buik kon kriebelen. Simon keek me vragend aan vanonder zijn lange, blonde pony.

'Moest je misschien naar de wc?' vroeg hij en hij barstte in een nieuwe lachbui los.

Ik schudde mijn knalrode hoofd. Schattig hè? Oh ja!

'Ik zal maar gaan,' mompelde ik en ik draaide me om naar de deur.

'Nee, wacht,' zei Simon. Opeens stopte hij met lachen.

Maar ik was al op weg naar buiten en hij zou me niet overhalen om te blijven. Dat zou niet lukken! Absoluut niet!

'Ga je mee met Worstje wandelen?' vroeg Simon.

Ja, zoiets lukt natuurlijk altijd! Ik kan geen nee zeggen als ze me vragen om een hond uit te laten. Zo'n aanbod sla ik nooit af. Zelfs niet als die hond Worstje heet!

'Oké,' zei ik.

Worstje is de grappigste hond van de wereld. Lina is de liefste en Loppan de schattigste, maar Worstje is echt de grappigste. Toen we bij de hondenplek kwamen, rende Worstje als een opgedraaid speeltje rond. Met rollende ogen en platliggende oren dook hij in en uit de struiken. En als hij hijgend weer aan onze voeten stond en het leek alsof hij geen poot meer kon verzetten, kreeg je hem altijd opnieuw aan de gang. Je moest gewoon 'kom terug, Worstje!' roepen en dan rende hij nog eens vijftien rondjes extra.

'Maar waarom heet hij eigenlijk Worstje?' vroeg ik.

'Omdat hij op een worstje lijkt als hij vrolijk is,' zei Simon.

Ik probeerde me voor te stellen hoe een vrolijk worstje eruitzag, maar snapte niet goed wat Simon bedoelde.

'Ik vind het niet echt mooi,' zei ik.

Simon schudde lachend zijn hoofd.

'Ik ook niet. Maar zeg dat niet hardop,' fluisterde hij. 'Anders wordt Worstje misschien verdrietig.'

Maar Worstje leek zich er geen moer van aan te trekken. Hij kwispelde zo goed als het ging met zijn varkensstaartje en zag er even vrolijk uit.

Simon was echt heel leuk en we lachten bijna de hele tijd. Het deed me zo goed om weer iemand te hebben om mee te lachen.

En binnen de kortste tijd had ik alles aan Simon verteld. Vanaf het verwisselen van de hond van tante Doris tot aan de verloren kaart van de Kilimanjaro en het gebroken pakje. De woorden stroomden uit mijn mond. Het voelde zo heerlijk om alles te kunnen zeggen, om alles vanaf het begin te vertellen aan iemand die nergens bij betrokken was en dus niet kwaad of zo kon worden.

'Maar...' zei Simon toen ik klaar was met mijn verhaal, 'waarom kan Tomas niet gewoon tegen Axel zeggen dat je papa op de Kilimanjaro is?'

Ik schudde mijn hoofd.

'Ze weten niet dat ik over papa heb gelogen.'

Simon beet nadenkend aan een nagel.

'Maar...' zei hij, 'kun je hem niet gewoon vragen om het te zeggen?'

Ik schudde opnieuw mijn hoofd.

'Dat gaat niet,' zuchtte ik. 'Ze zouden duizend vragen stellen. Waarom moet Tomas het zeggen? Waarom gelooft Axel je niet? Waarom...? En dan moet ik alles vertellen, omdat ik niet meer lieg. Daar heb ik echt geen zin in.'

Simon keek me weer vanonder zijn pony aan.

'Wat wil je dan doen?'

Ik haalde mijn schouders op. Ik had geen idee. Ik had echt geen idee.

'Misschien... bij papa gaan wonen,' zei ik.

'Op de Kilimanjaro?' vroeg Simon.

Ik haalde opnieuw mijn schouders op.

'Je bent niet goed wijs,' zei Simon.

'Nee, dat weet ik,' zei ik.

Tijdens de terugweg ging Worstje opeens midden op de stoep zitten en liet hij er een hoopje achter. Simon zuchtte.

'Stomme Worst! Moest dat nu echt hier, midden op de stoep? Snap je niet dat dat vernederend is?'

Maar dat begreep Worstje niet. Hij kwispelde vrolijk met zijn staartje. Simon haalde een zwart zakje uit zijn broekzak. Met dichtgeknepen neus en een grote grijns raapte hij het ding achter Worstje op.

'Worstjesworstje,' zei Simon en hij hield het zakje met uitgestrekte arm zo ver mogelijk van zich af tot we een vuilnisbak zagen.

En toen waren we bijna thuis. Ik vind het heel gek, maar als je een hondenpoepzakje of iets anders vies te dragen hebt, dan duurt het meestal vreselijk lang voordat je een vuilnisbak vindt. Anders zie je ze bijna overal. Dat is duidelijk WVD (de Wet van de Vervloekte Dingen, je weet wel).

Ik lachte de hele tijd, tot aan Simons deur. Daar was het voorbij met de pret. Hij ging weer naar binnen. Ik moest naar huis. En dan was ik alleen. Met alle problemen op een hoopje.

'Oké dan, daaag!' zei ik.

'Daaag!' zei Simon.

Ik kriebelde Worstje onder zijn kin. Hij keek me aan met zijn grote ogen en leek te begrijpen dat ik verdrietig was.

'Zullen we morgen samen naar school gaan?' stelde Simon voor.

School? Help! Daar had ik niet meer aan gedacht. Morgen moest ik terug naar school. En ik wilde Axel niet tegenkomen. Jammer dat Julia nog op de Canarische Eilanden zat en me niet kon helpen, zoals ze eerder had gedaan toen alles pis en kak en scheet was. (Ja, wat? Zoiets mag je toch denken?)

'Ik weet niet of...' mompelde ik.

'Maar je móét morgen komen,' zei Simon. 'Ze gaan kaartjes voor het circus verloten. Je kunt twee kaartjes winnen.'

'Wat voor een circus?' vroeg ik.

'Circus Royal. Ze zijn vanochtend aangekomen. Ik heb ze gezien. Ze staan op het grasveld tussen de school en het industriegebied.'

Ik knikte bedachtzaam. Opeens kreeg ik een waanzinnig goed idee.

'Misschien mag je wel meedoen,' lachte Simon. 'Jouw papa is toch circusartiest geweest!'

'Haha! Grappig hoor!'

Ik kuste Worstje en stond op.

'Oké, ik kom je halen om tien vóór.'

12. Grrrrootst... mmmmogelijke... sssssstilte

Als ik geen waanzinnig goed idee had gekregen, zou ik niet met mijn armen in de olifantenpoep gelegen hebben. Maar nu gebeurde dat wel.

Ik had net tijd om mijn winterjas op te hangen en mijn fietshelm op de hoedenplank te gooien, toen mama puffend binnenkwam met een zak boodschappen in elke hand.

'Lieve God, ze doen het erom! Natuurlijk is de lift vandaag stuk,' zei ze.

Hijgend zette ze de papieren zakken op de vloer.

'Ja, ik weet het,' zei ik zonder nadenken.

Mama bekeek me argwanend.

'Heb je iets lekkers gekocht?' vroeg ik om snel van onderwerp te veranderen.

'Nee, de gewone dingen, melk en zo.'

Mama hing haar jas op en droeg de zakken naar de keuken.

Ik volgde haar in de hoop dat ze misschien toch iets lekkers had gekocht.

'Hoe heb jij het gehad, lieverd?' vroeg mama.

Ze woelde door mijn haar en begon de zakken uit te laden.

'Gaat wel,' zei ik.

Want dat was de waarheid. Het ging niet beter, maar ook niet slechter.

'Maar Tilda!' zei mama toen ze de melk wilde wegzetten.

'Wat doet Bodil in de koelkast?'

Oh jee... ze moest daar beland zijn toen ik Axels trui zocht.

'Bevriezen, denk ik,' zei ik.

Arme Bodil! Ze was door en door koud en ze keek heel boos toen ik haar naar bed bracht en onderstopte. De koelkast is blijkbaar ook geen 'veilig plekje'. Zeker niet voor pluchen honden!

Nadat mama koffie had gemaakt en ik een paar boterhammen had gegeten, gingen we naar het winkelcentrum om een zomerjas voor mij te kopen.

'Bij twintig graden kun je niet met je dikke jas rondlopen,' zei mama. 'En zeker niet met deze!'

Ze bedoelde dat deze jas dwars over de rug gerepareerd was nadat ik toevallig in een doornstruik vast had gezeten. We leenden een naaimachine van tante Doris (omdat mama die van ons natuurlijk had weggegooid), maar de naald ging niet door het dikke materiaal en daarom plakten we met textiellijm een stuk stof op de rug van mijn jas.

'Nu zie je hoe nutteloos naaimachines zijn,' had mama toen tevreden gezegd.

In het winkelcentrum sleepte mama me winkel in, winkel uit. Toch had ik in de eerste winkel al de jas gevonden die ik wilde.

'Ja, maar je moet eerst zien wat er in de andere winkels te koop is,' zei mama, 'zodat je later geen spijt krijgt.'

'Maar...' zei ik, 'als ik de jas in de eerste winkel koop en niet in de andere winkels ga kijken, dan kan ik toch geen spijt krijgen?'

Maar dat begreep mama niet. Toen we alle winkels hadden bekeken en mijn voeten pijn deden en mama zweette en boos werd omdat het zo druk was, kochten we de jas in de eerste winkel. Een lichtblauwe jas met een glinsterend roze hartje aan de rits. Ik trok hem meteen aan.

'Ik begrijp niet waarom al die mensen hier rondlopen terwijl het zulk mooi weer is,' mopperde mama toen we op de parkeerplaats waren. 'Hebben ze niets leukers te doen?'

'Maar...' zei ik.

'Ik weet het,' zei mama, 'zeg er niks van! Ik vind het alleen vreemd dat iedereen hier op hetzelfde moment komt als wij.'

Op weg naar huis vroeg ik mama of ze me bij de school wilde afzetten.

'Even iets nakijken,' zei ik.

'Wat dan?' vroeg mama wantrouwig.

'Iets,' zei ik.

'Oké,' zei ze en ze stopte langs de stoep. 'Maar zorg dat je om halfzeven thuis bent, want dan eten we.'

Ik knikte en stapte uit de auto. Mama boog zich over de passagiersstoel en keek me streng aan.

'En Tilda, geen balkongeklauter vandaag! Ik wil een droge Tilda zonder brokken. En wees voorzichtig met je nieuwe jas.'

Ik knikte weer en zwaaide naar mama toen ze wegreed.

Ik zag het circus al van ver schitteren. ROYAL stond er met grote letters op het circusdak. En ernaast knipperde: De voorstelling begint om 19.00 uur. Wat was mijn waanzinnig goed idee? Dat ik hier een paar kwijtgeraakte toegangskaartjes zou vinden, zodat ik Axel voor het circus kon uitnodigen. Dan zou hij het me wel vergeven, dacht ik. Want ik had weinig hoop dat ik de kaartjes morgen op school zou winnen. Ik heb immers nog nooit van mijn leven iets gewonnen bij een loterij.

Ongeluk in het spel, geluk in de liefde, zegt oma altijd. Hoewel er deze keer niets van klopte.

Toen ik dichterbij kwam, zag ik dat er rond het circus een wit hek stond. Daar had ik niet aan gedacht. Maar hier en daar waren er spleten tussen de spijlen waar ik wel doorheen kon. Ik moest gewoon de geschikte plek vinden. Bij de ingang stonden twee mannen in rode pakken, dus daarlangs kon ik niet naar binnen. Het was er ook erg druk. Allerlei circusmensen renden van hot naar her, zeulden met touwen, controleerden lampen en riepen onbegrijpelijke dingen naar elkaar. Goed, zij begrepen natuurlijk wel wat ze zeiden, maar ik niet.

Ik sloop naar de achterkant, vond een plek waar het hek tegen een struik stond en perste me naar binnen. Hier aan de achterkant waren lang niet zoveel mensen en kon ik me ongestoord tussen de wagens bewegen. Voor een van de woonwagens zaten een paar mannen in trainingspak te kaarten. Een vrouw repareerde een zwarte jas. Ik kon me moeilijk voorstellen dat dit circusartiesten waren. Ze zagen er zo doodgewoon uit.

Een eind verder begon het meer op een circus te lijken. Daar oefenden twee acrobaten hun nummer. Ze leken me vader en dochter. Het meisje, dat ongeveer even oud was als ik, stond op de schouders van haar vader. Dat zag er niet zo moeilijk uit, vond ik. Maar net toen ik dat dacht, zei haar vader 'hop' en maakte het meisje een dubbele achterwaartse salto, waarna ze precies achter hem op haar voeten belandde. Perfect! De vader draaide zich om en klapte in zijn handen. Toen nam hij haar hoofd tussen zijn grote handen en kuste haar op haar voorhoofd. 'Jij bent papa's kleine prinses!' zei hij lachend.

Precies zo had het kunnen zijn... Precies zo had ik het me

voorgesteld... 'Papa's kleine prinses.' Het echode in mijn hoofd terwijl ik verder sloop.

Wat verderop, voor een circuswagen, stonden twee reusachtige olifanten die me nieuwsgierig gadesloegen. Een van hen tilde zijn slurf in de hoogte, alsof hij me groette. Ik groette terug.

Opeens hoorde ik iemand mijn richting uit lopen. Ze hebben me ontdekt, dacht ik. Vliegensvlug kroop ik onder de circuswagen naast de olifanten.

Tussen de wagens dook een vrouw op in een roze kamerjas en met gouden sandalen met hoge hakken. Haar ogen gleden gejaagd van links naar rechts, alsof ze iemand zocht. Ik lag doodstil en hoopte vurig dat ik onzichtbaar was.

'Prins! Prins!' riep ze.

Ze zocht dus niet naar mij! Prins? Dat was waarschijnlijk haar zoon. Alle kinderen in het circus waren vast prinsen en prinsessen. De vrouw zocht verder tussen de circuswagens. Af en toe ging ze zitten en gluurde ze onder een wagen. Straks zou ze bij mij staan. Voorzichtig schoof ik dieper weg, achter een wiel. De gouden sandalen van de vrouw stonden stil voor mijn circuswagen.

'Priiiins!' riep ze weer.

Ik ademde traag met open mond, om geen geluid te maken. Als ze onder de wagen keek, zou ze me gegarandeerd zien.

Mijn hart roffelde als een trommel vlak voor het gevaarlijkste trapezenummer ter wereld. Geachte dames en heren, Wildetilda zal nu een van de moeilijkste circusnummers ter wereld uitvoeren... namelijk niet ontdekt worden onder een circuswagen... mogen we verzoeken om de grrootst... mmmmogelijke... ssssstilte...

Maar net toen de lange, rode haren van de vrouw onder de circuswagen verschenen en ik begreep dat het met me gedaan was, dook er een ander paar schoenen op. Een mannenstem sprak snel in een onbegrijpelijke taal. De vrouw antwoordde iets in verband met haar prins, dat begreep ik wel. Toen gingen ze weg.

Het werd rustig voor de circuswagen. Alleen de olifanten liepen met zware stappen heen en weer. Ik ademde weer normaal en steunde met mijn hoofd tegen het wiel. Wat een geluk! Niet te geloven dat ik zo'n geluk had!

Terwijl ik over dit geluk zat na te denken, hoorde ik opeens een vreemd grommend geluid achter mijn hoofd. Ik draaide me voorzichtig om en keek recht in een paar blinkende, groene kattenogen.

'Hallo,' fluisterde ik, 'lig jij daar goed?'

'Miauw,' zei de kat.

Ik denk dat dit "ja" betekende.

De kat lag boven op het wiel en zwaaide nonchalant met zijn

lange staart. Hij had een kleine, witte vlek op zijn kop en was verder helemaal zwart. Daarom had ik hem niet eerder op het zwarte wiel gezien. Ik liet mijn vingers over zijn glanzende vacht glijden. De kat strekte tevreden zijn nek en ik kriebelde hem voorzichtig onder zijn kin. Toen glinsterde er iets in de zwarte vacht en zag ik een naamplaatje hangen. "Prins" stond erop.

'Ach zo,' zei ik zacht terwijl ik de kat over zijn rug streek, 'jij bent dus Prins. Heb je niet gehoord dat ze je riep?'

Prins draaide zijn kop en liet me duidelijk merken dat ik hier niets mee te maken had.

'Oké, doe zoals je wilt,' fluisterde ik. 'Je zult wel naar huis gaan als je honger krijgt.'

Honger... Toen ik het woord zei, voelde ik ineens wat een enorme honger ik zelf had. Mijn maag leek net een verschrompeld rozijntje. Een knorrend, morrend, bulderend rozijntje. En het was bijna halfzeven!

Haastig kronkelde ik uit mijn schuilplaats. En om geen enkel risico te nemen, bleef ik een heel stuk over de grond kruipen. De olifanten knepen hun ogen halfdicht en volgden me met veel belangstelling. Bezorgd spiedde ik alle kanten uit... ja, alle kanten, behalve... voor me!

En opeens ploften mijn armen in iets groots, bruins, stinkends. De olifanten tilden hun slurf in de lucht en lieten een triomfantelijk getrompetter horen. Ik weet zeker dat ze me uitlachten!

13. De voorspellende droom

Als ik niet met mijn armen in de olifantenpoep had gelegen, zou mijn nieuwe jas bij de eetzaal hebben gehangen. Maar nu gebeurde dat niet. Teleurgesteld rende ik naar huis. Zonder toegangskaartjes, natuurlijk! Hoe kon ik zoiets waanzinnigs denken? Het enige dat ik meebracht, was de scherpe geur van olifantenpoep. Toen ik thuiskwam, was mama de spullen van het bankje in de hal aan het opruimen.

'Het is wel de bedoeling dat je hierop kunt zitten,' zuchtte ze. 'Anders heeft het geen nut.'

'Ja,' zei ik, 'en dan moet je het weer weggooien...'

Mama keek zo beteuterd dat ik haar een zacht tikje op haar wang gaf.

'Fijn dat je droog en zonder brokken naar huis komt, voor een keer,' zei mama terwijl ze haar armen om me heen sloeg.

Ik voelde me heerlijk warm en veilig met mijn neus in mama's trui. Ik wou dat ik er de rest van mijn leven kon blijven. Gewoon wij tweeën samen, voor altijd. Alles was ingewikkeld en verward, behalve mama's trui. Maar dat geluk duurde slechts een paar seconden...

'Wat ruikt hier zo?' zei mama en ze snuffelde wantrouwig aan mijn haar.

'Olifantenpoep,' zei ik en ik liet de mouwen van mijn jas zien.

Mama zei niets. Maar ze zuchtte. Heel diep.

'Weet je al dat Axel gebeld heeft?' zei Tomas terwijl hij melk in zijn glas schonk. 'Hij vroeg of je hem terug wilde bellen zodra je thuiskwam.'

Had Axel gebeld? Waarom dan? Ik hield op met kauwen en staarde strak voor me uit, met mijn mond vol spaghetti. En opeens begreep ik wat er was gebeurd. Zijn moeder had zeker verteld dat ik langs was geweest en toen had Axel het kapotte pakje gevonden en hij wist dat ik het stuk had gemaakt en hij belde om te zeggen hoe kwaad hij was. Ik werd zo bang dat ik me verslikte en er een spaghettisliert in mijn keel bleef steken. Misschien dacht Axel wel dat ik het expres stuk had gemaakt.

Tomas klopte op mijn rug zodat de spaghetti naar beneden zou glijden. Of naar boven? Ik snap niet goed waarom ze op je rug kloppen als er iets in je keel vastzit.

Ik vond het in elk geval prima dat er iets in mijn keel bleef zitten, want zo leek het heel normaal dat ik schrok. En daardoor hoefden we niet meer over Axel te praten.

Ik dronk wat melk en veegde de tranen uit mijn ogen. Maar net toen het beter ging, verslikte ik me bijna weer.

'Zaterdag moeten we inkopen doen,' zei mama. 'Wat wil je in huis halen voor je feestje?'

'Feestje?' zei ik aarzelend.

Ik had immers net bedacht dat ik iedereen moest zeggen dat het niet doorging.

Mama glimlachte.

'Sorry! Je pyjamaparty, bedoel ik,' zei ze met een glimlach.

Ik keek naar mijn bord.

'Het gaat niet door,' zei ik zacht. 'Ik wil geen feestje als Axel niet komt.'

'Maar...' zei Tomas, 'ik dacht dat jullie het hadden uitgepraat?'

Mama knikte. Toen legde ze haar hand op de mijne.

'Ik vind dat je toch je pyjamaparty moet geven,' zei ze. 'Als Axel niet wil komen, kun je wel een andere leuke jongen uitnodigen. Simon van hieronder bijvoorbeeld...'

Ik gooide mijn vork op mijn bord en stond zo wild op dat de stoel omviel.

'Ik kan niemand anders uitnodigen en jullie snappen er juist niks van! Ik wil geen stom feest!' gilde ik.

Toen struikelde ik over de stoelpoot, rende naar mijn kamer en deed de deur op slot. Arme, arme Bodil! Eigenlijk zou ze een pruik moeten dragen.

Na een poosje klopte mama op de deur en ze vroeg of ik

erover wilde praten, maar dat wilde ik niet. Ik wilde onder het dekbed liggen en me heel, heel zielig voelen. En toen bedacht ik dat ik nooit meer zou opstaan. Nooit meer. Daarna moet ik in slaap zijn gevallen, want opeens werd ik wakker van de zon die in mijn gezicht scheen. Eerst dacht ik dat het een schijnwerper uit het circus was, want ik droomde net dat Axel en ik daar zaten. Ik had de kaartjes gewonnen en Axel hield mijn hand vast. In de piste toonden de vader en zijn dochter hun acrobatenkunsten, maar ze zagen eruit als papa en ik. En ik droeg een prinsessenkroontje op mijn hoofd.

Opeens was ik klaarwakker. Ik wist zeker dat ik vandaag de kaartjes zou winnen. Nu was het mijn beurt om te winnen! Het was een voorspellende droom. Ik wist het gewoon. Ik kon het in heel mijn lichaam voelen. En als ik de kaartjes had gewonnen, zou ik aan Axel vragen of hij mee wilde en dan... ja, dan zou alles in orde komen...

Licht als een koorddanseres zweefde ik naar de keuken. Met een verwonderde blik keek mama op van haar krant.

'Zo...' zei ze, 'voel je je wat beter?'

'Veel beter,' zei ik.

Mama zag er opgelucht uit.

'Mooi! Luister eens, doe vandaag nog je winterjas aan. Ik zal de andere wassen.'

Om tien voor acht haalde ik Simon af. Worstje ging midden in de deuropening staan en wilde ook mee. Maar worstjes mogen niet naar school, zei Simon.

Ik vertelde Simon meteen over mijn voorspellende droom.

'Je mag het tegen niemand zeggen,' zei ik.

Simon schudde zijn hoofd.

'Maar weet je het echt zeker?' vroeg Simon.

'Promise! Ik voel het... hier vanbinnen,' zei ik en ik legde mijn handen op mijn buik terwijl ik even vergat dat ik aan het fietsen was.

Mijn fiets maakte een scherpe bocht naar rechts. Maar ik slaagde erin om net op tijd het stuur vast te grijpen en uit te wijken, voordat mijn voorwiel het achterwiel van Simon raakte.

'Je bent niet goed wijs,' zuchtte Simon.

'Nee, dat weet ik,' zei ik.

Toen we op school kwamen, herinnerde ik me dat ik Axel niet wilde zien voordat ik de kaartjes had gewonnen. Daarom sloop ik als een dief over de speelplaats. En toen snel de klas in. En naar mijn plaats. Eindelijk kon ik uitademen. Hier zat ik veilig tot aan de lunch. En tegen die tijd had ik de kaartjes al lang gewonnen...

De juf zei 'goedemorgen' en glimlachte heel vriendelijk naar me.

'Vandaag gaan we de circuskaartjes verloten,' zei ze. 'Hebben ze je dat verteld, Tilda?'

Ik knikte uitbundig en voelde hoe mijn wangen begonnen te gloeien. Het voelde bijna als bedrog, omdat ik al wist dat ik zou winnen.

'Goed,' zei de juf. 'Jullie krijgen allemaal een lot. Na de lunch verzamelen alle klassen zich in de eetzaal en daar worden de vijf winnaars geloot. Iedere winnaar krijgt twee toegangskaartjes voor de circusvoorstelling van vanavond!'

Ik staarde naar de juf. Bedoelde ze dat we tijdens de lunch nog niet wisten wie er had gewonnen? Dat was kinderpesterij! Stel je voor dat ik Axel tegenkwam tijdens de lunchpauze... En zelfs als ik hem dan kon ontwijken, zouden we elkaar zeker tijdens de loting zien...

'Tilda, hallooo! Wakker worden!'

De juf stond plotseling voor mijn tafel en hield een mandje met lichtblauwe loten onder mijn neus.

'Doe je niet mee?' vroeg ze terwijl ze met het mandje schudde.

Ik schrok op uit mijn gepieker en tilde mijn hand op om een lot te pakken. Nu moest ik gewoon het juiste lot pakken. Maar hoe kon ik weten welke het juiste was? Ik zocht naar een of ander teken op de loten. Wat dan ook. Een stipje, een lot dat een beetje lichter of donkerder was... maar ze zagen er allemaal net hetzelfde uit.

'Schiet eens op, Tilda,' mopperde Markus, die na mij mocht kiezen. 'Anders neem ik die van jou wel!'

Ik deed mijn ogen dicht, liet mijn hand in het mandje zakken en nam het eerste dat ik aanraakte.

'Eindelijk!' steunde Markus.

Ik drukte het lot even in mijn hand voordat ik de uiteinden afscheurde en het openvouwde. Nummer negentien. Ik voelde een rilling van geluk in mijn buik. Negentien! Dat is mijn geluksgetal. Ik ben geboren om negentien minuten over negentien uur, dus zeven uur 's avonds, op negentien april en ik heb negentien geboortevlekken. Dit kon slechts één ding betekenen... dat ik het juiste lot had getrokken!

De rest van de ochtend klemde ik het lot in mijn hand. De juf liet een film zien over water, maar ik speelde mijn eigen film, steeds weer. Mijn film ging zo: ik kwam Axel tegen en vroeg of hij mee naar het circus ging. Axel was dolblij en zei dat het niks gaf dat het pakje stuk was en toen vroeg hij of we opnieuw met elkaar zouden gaan en toen werd ik dolblij en...

'Wat zie jij er blij uit, Tilda. Was het een boeiende film?' vroeg de juf opeens.

De film was afgelopen, het licht was aan en alle blikken waren op mij gericht.

'De beste die ik ooit heb gezien,' zei ik eerlijk.

De juf keek blij. Ik verklapte niet dat ik het over een andere film had.

Tijdens de ochtendpauze verborg ik me onder het tapijt van de voorleesklas. Het was er broeierig en ik kon er moeilijk ademen, maar ik durfde niet naar buiten. Toen hadden we muziek en dáárna was het tijd voor de lunch...

Ik treuzelde met mijn jas in de gang, zodat ik als laatste achterbleef. Als ik niet naar de eetzaal ging, dan zag ik Axel zeker niet. Eindelijk was iedereen weg. Dacht ik... Maar toen spoelde iemand het toilet door en kwam Alexandra naar buiten.

'Oh, wat leuk dat jij er nog bent,' zei ze blij. 'Zullen wij vandaag samen aan tafel gaan zitten, nu Julia er niet is?'

Ik slikte en knikte. Alexandra is lief. Maar nogal een pietjeprecies. Ze zou nooit liegen over haar vader, nooit iemands trui verliezen en nooit iemands pakje laten vallen. En ze zou er nooit tussenuit knijpen tijdens de lunch. Maar ze zou het meteen aan de juf vertellen als ik zoiets deed!

Alexandra pakte mijn hand en huppelde over de speelplaats. Ik volgde haar met tegenzin, terwijl ik angstig uitkeek naar Axels klas. Maar godzijdank was die nergens te zien. Niet buiten. En niet in de hal bij de eetzaal, waar we onze jassen ophingen: Alexandra haar mooie, rode zomerjas en ik mijn oude winterjas met de grote reparatieplek op de rug. Gelukkig zonder olifantenpoep!

14. Een zilverkleurig pakje met roze cadeaulint

Als mijn nieuwe jas bij de eetzaal had gehangen, zou ik zijn doorgelopen tot aan de Kilimanjaro. Maar nu deed ik dat niet.

Ik voelde me wat rustiger toen ik in de rij voor de eetzaal stond. Als ik me haastte met eten, was ik misschien al buiten voordat Axel kwam. Derdejaars eten meestal vroeger dan vierdejaars.

'Ik vond het ook een interessante film,' zei Alexandra toen we bij de tafel met drankjes kwamen.

Ik knikte.

'Zeker het idee dat al het water hetzelfde is,' ging ze ijverig verder. 'Dat ik misschien hetzelfde water drink als waar Jezus zijn voeten in waste!'

Opgewekt schonk ze een glas water in en nam een paar slokken.

'Wil je ook wat?' vroeg ze en ze hield de kan boven mijn glas.

'Nee, ik neem melk,' zei ik.

Ik zou nooit water willen drinken waarin iemand zijn voeten had gewassen. Zelfs niet als het Jezus was!

Net toen ik het glas melk op mijn blad had gezet, zwermde er een andere klas de eetzaal binnen. De klas van Axel!

'We gaan daar bij het raam zitten,' zei Alexandra en ze draafde weg.

Toen ik mijn blad optilde om haar te volgen, kwam Axel door de deur van de eetzaal. Het leek alsof er een schok door mijn lichaam ging en ik bleef stokstijf staan, met het dienblad voor me. Wat moest ik doen? Hij mocht me absoluut niet zien! Net toen ik dat dacht, zag ik Axel gespannen in de eetzaal turen, alsof hij iemand zocht. Ik kon niet meer naar buiten en ik kon me nergens verstoppen. Dus toen Axels ogen in mijn richting kwamen, tilde ik het dienblad omhoog om me achter het eten te verbergen. Dat had ik beter niet kunnen doen!

Want toen ik het dienblad optilde, roetsjte het melkglas van het uiterst rechterhoekje naar helemaal links. In een poging het glas te redden hield ik het blad naar de andere kant en klingeling! Daar lagen de melk en de stoofschotel met rijst, erwtjes en knäckebröd tussen porselein- en glasscherven op de grond. In plaats van me te verbergen voor Axel had ik ervoor gezorgd dat iedereen naar me keek! Er was niemand in de eetzaal die níét naar me keek.

Ik stond als vastgespijkerd aan de vloer. Pas toen iemand van de keuken met een vuilnisbak naar me toe kwam, kreeg ik mijn voeten los. Vuurrood rende ik de eetzaal uit, greep mijn jas van de haak en vluchtte weg, weg, weg...

Toen ik midden op de speelplaats was, hoorde ik Axel roepen, maar geen haar op mijn hoofd die eraan dacht om te stoppen. Ik zou nooit meer stoppen. Ik zou rennen en rennen... de school uit... de stad uit... Zweden uit... Ik zou rennen tot... tot... tot de Kilimanjaro!

Maar toen ik bij de rivier kwam, was ik zo moe, dat ik toch even stil moest staan. Hijgend zonk ik in het gras, met mijn rug tegen een steen. Ik had niet gehuild tijdens het rennen, maar nu welden de tranen op. Waarom was ik vervloekt? Waarom werd ik geboren als de onhandigste kluns van de wereld? Een kluns en een nietsnut die bovendien niet goed wijs is. Het was niet eerlijk! Ik leunde met mijn hoofd tegen de steen en door een mist van tranen staarde ik woedend naar de hemel.

Als je bestaat, moet je me nu helpen. Anders zal ik nooit meer in je geloven, dacht ik. Maar ik zei het niet hardop. Het leek me niet zo slim om tegenover God te dreigen.

Er draaide een nieuwe film in mijn hoofd: over Axel die in de eetzaal kwam terwijl ik mijn dienblad omkieperde. Deze film was veel minder leuk dan de vorige, maar ik kon hem niet uitzetten. Pas nadat ik de film ongeveer zeventien keer had gezien, ontdekte ik dat er iets vreemds was... Axel had zijn blauwe trui aan!

Ik tilde mijn hoofd van de steen. Had hij echt die blauwe trui aan? Hoe had hij die teruggekregen?

Ik kwam overeind en dacht na. Wat moest ik nu doen en waar

zou ik naartoe gaan? Zou ik verder lopen tot de Kilimanjaro of zou ik terug naar school gaan en kijken of het waar was van Axels trui? Ik stopte mijn handen in mijn zakken en keek aarzelend rond. Maar... wat zat er in mijn jaszak? Verbaasd staarde ik naar het zilverkleurige pakje met het roze cadeaulint. Ik zakte neer op de steen en draaide het pakje om en om. Er was geen twijfel mogelijk: dit was het bewuste pakje. Maar waarom zat het in mijn jaszak?

Had Axel het in mijn jaszak gestopt om aan te geven dat hij wist dat ik het stuk had gemaakt? Ik zocht naar de kaart met de hond, maar vond een kaartje met een hart.

Met trillende handen vouwde ik het open en las:

Sorry dat ik niet geloofde dat je papa op de Kilimanjaro was. Lieve Tilda, wil je weer met mij gaan? Axel

Dit was echt voor mij bedoeld. Er waren geen andere meisjes op school met een papa op de Kilimanjaro. In elk geval niet op dit moment. Zonder het pakje te openen rende ik zo vlug als ik kon terug naar school.

15. Ongeluk in het spel, geluk in de liefde!

Als ik verder was gelopen tot aan de Kilimanjaro, dan zou ik niet de hoofdprijs gewonnen hebben. Maar nu won ik hem wel.

Toen ik in de eetzaal kwam, gaf een man in een goudkleurig pak twee kaartjes aan Markus. Dit moest de circusdirecteur zijn.

'Alsjeblieft, jongeman,' zei hij. 'Jij hebt de laatste toegangskaartjes gewonnen!'

Hoezo, de laatste toegangskaartjes? Bijna begon ik hardop te roepen. Hallo! Dit moet een fout zijn! Ik heb toch een winnend lot in mijn zak!

Maar iedereen klapte en stond op, zodat er een oorverdovend geschuifel van stoelen klonk. Ik pakte mijn lichtblauwe lot en staarde ernaar. Mijn geluksnummer…? Ik verfrommelde het en propte het terug in mijn zak. Misschien had ik die kaartjes niet meer nodig, dacht ik.

De man in het gouden pak wilde nog iets zeggen.

'Wacht eens even! Wacht eens even!' riep hij terwijl hij met zijn gouden armen zwaaide.

Iedereen ging weer zitten en opnieuw klonk er een oorverdovend geschuifel van stoelen.

'Luister eens,' zei de circusdirecteur, 'ik wou jullie wat vragen. Wij zijn een kat kwijt. Hij verdween gisterochtend, even nadat we hier aankwamen. Meestal blijft hij niet lang weg en daarom zijn we nu echt ongerust. Heeft iemand van jullie misschien onze kat gezien?'

'Hoe ziet hij eruit?' vroeg iemand.

De circusdirecteur lachte.

'Ja, natuurlijk,' zei hij, 'het belangrijkste vergat ik nog te vertellen... Hij is pikzwart en heeft alleen een kleine, witte vlek midden op zijn voorhoofd. En hij draagt een halsband waarop "Prins" staat. Ja, zo heet hij.'

Het werd doodstil in de eetzaal. Sommigen haalden hun schouders op en anderen schudden hun hoofd. Niemand had Prins gezien. Behalve ik, maar ik zei niets. Ik durfde hem niet te vertellen dat ik gisteren het circusterrein was binnengedrongen... Dat ik achter het hek was gekropen... en me had verstopt onder een circuswagen... Stel je voor dat hij boos werd!

'Oké,' zei de circusdirecteur teleurgesteld, 'het zou ook té mooi zijn geweest. Maar als iemand van jullie hem ziet, dan weet je dat hij bij ons hoort.'

'Misschien is hij wel overreden,' riep iemand.

De circusdirecteur knikte verdrietig.

'Ja,' zei hij, 'daar zijn we ook bang voor.'

Toen kon ik niet langer zwijgen.

'Ik heb Prins gezien!' riep ik. 'Gisteravond... onder de wagen bij de olifanten. Hij lag op een van de wielen.'

De circusdirecteur kwam met grote passen naar me toe. Eerst dacht ik dat hij me zou uitschelden, maar toen zag ik de grote glimlach op zijn gezicht.

'Weet je het heel zeker?' vroeg hij.

Ik knikte.

'Jij bent een echte prinses!' zei hij en hij kuste me op mijn hoofd. Hij diepte twee kaartjes uit zijn broekzak op. 'Hier, die zijn voor jou! En als we Prins daar vinden, dan trakteer ik je ook op popcorn en frisdrank!'

De circusdirecteur haastte zich weg. En toen begon het geschuifel met de stoelen opnieuw en wilde iedereen de zaal uit. Ik bleef achter, met de kaartjes in één hand en Axels pakje in de andere.

Toen iedereen naar buiten was, zag ik Axel aan het andere eind van de eetzaal. Hij droeg zijn blauwe trui.

'Wil je met mij mee naar het circus?' vroeg ik.

'Alleen als je weer met mij wil gaan,' zei hij.

'Natuurlijk wil ik dat,' zei ik.

We kwamen elkaar tegen in het midden van de eetzaal en ik omhelsde Axel met de kaartjes en het pakje in mijn handen. Zijn blauwe trui kriebelde in mijn neus. Nu was alles veel mooier dan in de film!

'Maar waarom geloof je me nu eigenlijk wel?' vroeg ik.

Axel keek me niet-begrijpend aan.

'Waarom vraag je dat?' zei hij. 'Dat heb ik je toch al verteld toen je ziek was? Ik heb de kaart van je papa gevonden.'

Toen ik ziek was? Was hij echt bij mij thuis geweest toen ik ziek was? Echt waar? Was dat dan geen droom geweest?

'Maar...' zei ik, 'heb je die kaart ook echt gevonden... in een schoen... in de koelkast van tante Doris?'

'Nee,' lachte Axel, die er nu helemaal niks meer van snapte. 'Hij lag toch in dat hondenboek dat ik had geleend. Dat zag ik toen ik het wilde teruggeven.'

'Oooh,' zei ik terwijl ik eindelijk begon te begrijpen hoe alles in elkaar zat. 'Heb je toen ook je blauwe trui mee terug genomen?'

Axel lachte zo hard dat het echode in de lege eetzaal.

'Ja, dat weet je toch?' zei hij.

'Nee,' zei ik.

'Je bent echt niet goed wijs,' zei Axel.

Maar ik zag zijn bruine cockerspaniëlogen schitteren.

'Nee, dat weet ik,' zei ik.

's Avonds gingen we naar het circus, Axel en ik. De circusdirecteur trakteerde ons op popcorn en frisdrank, zoals hij beloofd had. Ze hadden inderdaad Prins op het wiel onder de circuswagen gevonden. Dat was blijkbaar zijn nieuwe lievelingsplekje.

'Maar…' zei de directeur, 'wat deed je daar eigenlijk onder de wagen?'

'Ik… eh…' zei ik, 'ik wou alleen…'

Gelukkig onderbrak Axel mijn gestamel.

'Tilda wordt later circusartiest,' zei hij. 'Ze heeft thuis een trapeze. Echt waar, hè Tilda?'

Ik knikte. Die avond op het balkon had ik de circuskunsten wel afgezworen, maar mijn trapeze had ik nog. Dat was waar.

'Laat maar iets horen als je bij ons wilt beginnen, prinsesje,' zei de circusdirecteur en hij kuste me op beide wangen.

Toen zag ik de andere prinses, het meisje dat met haar vader aan het oefenen was. Ze liep tussen het publiek en verkocht roze suikerspinnen. En de vrouw in de kamerjas en met de gouden sandalen zwaaide aan de trapeze, hoog boven in de circustent. Ze liet haar lange, rode haren zachtjes heen en weer wiegen terwijl ze in de schijnwerpers haar eigen schaduw najoeg. Maar nu had ze natuurlijk geen kamerjas aan. Ze droeg een strak, glanzend rood pak met zilveren vlammen. Ik vond haar de mooiste van iedereen. Misschien, dacht ik, misschien word ik toch nog circusartiest…

Terwijl de paarden in de piste ronddraafden, keek ik omhoog naar de sterren in het dak van de circustent en ik bedacht dat het soms vreemd gaat in mijn leven. Als ik niet de waarheid had gezegd, zou ik geen liefdesbrief naar Axel hebben geschreven, zou ik niet op zijn balkon vast hebben gezeten, geen emmer water over me heen hebben gekregen en niet verkouden zijn geweest, dan was ik de Kilimanjaro niet kwijtgeraakt, zou ik niet op de wc van de buren zijn gegaan en zou ik niet met mijn armen in de olifantenpoep hebben gelegen. En dan had ik ook niet de hoofdprijs gewonnen!

Maar nu gebeurde dat wel! Ik bedoel niet met de loterij... De hoofdprijs is dat Axel en ik weer met elkaar gaan. Ongeluk in het spel, geluk in de liefde, zoals oma altijd zegt!

En nu is mijn pyjamaparty ook al voorbij. Het was superleuk!

Ik snap niet waarom het zoveel leuker is om te dansen en chips en popcorn en snoepjes te eten in je pyjama, maar toch is het zo. Gelukkig kreeg ik gisteren een nieuwe pyjama voor mijn verjaardag. Een glanzende, roze pyjama met Snoopy erop. Superschattig!

Ik kreeg van iedereen heel leuke pakjes, maar ik vond dat van Julia het allermooiste. Ze had voor mij een dagboek gekocht

op de Canarische Eilanden. Met een prachtige zonsonder-
gang, palmen en een hangslot.

Julia heeft me trouwens gisteravond gebeld zodra ze thuiskwam. Ze had in de zon gelegen, gezwommen en zich mate-
loos verveeld.

'Hoe bedoel je?' zei ik. 'Je kunt je toch niet vervelen op de
Canarische Eilanden...'

'Jawel, want er gebeurde daar echt helemaal niets!' steunde
Julia.

'Nee,' zuchtte ik, 'waarschijnlijk omdat echt álles hier aan
het gebeuren was.'

En toen vertelde ik álles aan Julia. Tenminste, tot ze me vroeg
om op te houden. Dat was bij het wc-bezoek bij Simon.

'Stop!' hikte Julia. 'Anders kan ik morgen niet komen. Ik lach
me kapot!'

Simon was ook op mijn feestje. Hij had een stukje worst voor
me bij zich. Misschien niet echt origineel als cadeautje. Maar
op de kaart stond dat ik met het echte Worstje mocht gaan
wandelen wanneer ik wilde. En dat wil ik bijna altijd. Maar
niet morgen! Want dan gaan Simon en Sara met Worstje en
Lina wandelen na school. Ik denk dat ze elkaar leuk vinden.
Alle vier!

Van Axel kreeg ik een zacht pak. Ik betastte het eerst, maakte
toen voorzichtig het plakband los en haalde het papier eraf.

En toen zag ik de aller-, allerliefste kleine poedel-teckel die ik me kon voorstellen.

'Maar je krijgt hem alleen als je belooft dat je hem niet meer op mijn hoofd gooit,' lachte Axel.

Dat beloofde ik. Dus nu ligt Potter weer op mijn hoofdkussen.

Dat is waar ook! Ik vergat nog te vertellen wat er in het pakje in mijn jaszak zat. Dat was een superschattige porseleinen poedel met een roze strik op zijn hoofd. Wel, om eerlijk te zijn... er hóórde een strik op zijn hoofd, maar die ging stuk...

Ja, ik heb zelfs verteld dat het mijn schuld was! De waarheid, alleen de waarheid en niets dan de waarheid, weet je wel... Maar Axel en ik vinden allebei dat hij er veel mooier uitziet zonder strik. Eerlijk duurt het langst!

Maar soms, heel soms, in een echt groot noodgeval, is het misschien toch beter om een beetje te liegen. Bijvoorbeeld toen papa me belde tijdens het feestje...

'Hallo, kleine meid!' zei hij. 'Gefeliciteerd met je verjaardag!'

'Dank je... maar die was gisteren,' zei ik.

'Kun je misschien raden waar ik ben?' vroeg papa.

'Geen idee. Op de maan misschien?'

'Op de maan? Nee, in Australië. Ik ben hier gisteren aangekomen. Ik kreeg een schitterend idee toen ik op de top van de Kilimanjaro stond. Ik voelde gewoon dat ik krokodillenkweker moest worden, snap je?'

'Niet echt,' zei ik.

'Weet je wat? Ik zal je een boemerang sturen! Die zie je hier overal. Je weet wel wat ik bedoel, zo'n ding dat altijd terugkomt als je het weggooit.'

'Ik zou willen dat jij terugkomt,' zei ik.

'Maar jij kunt hierheen komen om mij en de krokodillen te bezoeken... een keer,' zei papa.

'Natuurlijk!' zei ik.

Toen ik ophing, voelde ik de nieuwsgierige blikken van de anderen in mijn rug branden.

'Wie was het?' vroeg Julia.

'Was het je papa?' vroeg Axel.

Ik schudde langzaam mijn hoofd.

'Het was... het was... oma!' zei ik. 'Wie wil er nog chips?'

Kom op zeg! Krokodillenkweker in Australië! Dat kun je toch zeker een echt groot noodgeval noemen? Ik bedoel: wie zou me ooit geloven als ik zoiets vertelde?

PS Trouwens, van mama en Tomas kreeg ik 's avonds na het feestje het mooiste verjaardagscadeau van de wereld. Een baby! Oké, hij of zij is natuurlijk nog niet geboren, maar toch noem ik dit een verjaardagscadeau. Het is bijna net zo leuk als een hond!

www.lannoo.com/kindenjeugd

Oorspronkelijke uitgever Tiden
Oorspronkelijke titel *Om jag bara inte råkat säga sanningen*
Uit het Zweeds vertaald door Reina Ollivier
Omslag Erika Kovanen
© Tiden, Stockholm, 2005
© Ingelin Angerborn, 2005
© Nederlandse vertaling Uitgeverij Lannoo nv, Tielt, 2007
D/2007/45/317 – ISBN 978 90 209 7223 8 – NUR 282, 283